D0725312

L'ENLÈVEMENT DES SORCIERS

DANS LA MÊME SÉRIE

L'ENLÈVEMENT
DES SORCIERS

Une novélisation d'Emma Harrisson
d'après la série télévisée « Charmed »
créée par Constance M. Burge

Fleuve Noir

Titre original :
Something Wiccan This Way Comes

Traduit de l'américain
par Betty Peltier-Weber

Le Code de la propriété intellectuelle n'autorisant, aux termes de l'article L. 122-5 (2° et 3° a), d'une part, que les « copies ou reproductions strictement réservées à l'usage privé du copiste et non destinées à une utilisation collective » et, d'autre part, que les analyses et les courtes citations dans un but d'exemple ou d'illustration, « toute représentation ou reproduction intégrale ou partielle faite sans le consentement de l'auteur ou de ses ayants droit ou ayants cause est illicite » (art. L. 122-4).
Cette représentation ou reproduction, par quelque procédé que ce soit, constituerait donc une contrefaçon sanctionnée par les articles L. 335-2 et suivants du Code de la propriété intellectuelle.

TM et © 2003 Spelling Television, Inc. Tous droits réservés.
© 2003 Fleuve Noir, Département d'Univers Poche,
pour la traduction française

ISBN : 2-265-07528-0
ISSN : 1627-8364

— Oh, non, mon vieux ! Tu n'iras nulle part ! dit Paige au démon Anubi en le menaçant avec sa propre boule de feu. Pas avant que tu nous aies avoué ce que vous avez fait avec tous ces Wiccas que vous avez kidnappés.

L'Anubi laissa échapper un rire cruel qui donna la chair de poule à Piper.

— Les Wiccas ? Ils sont tous morts ! Mais on a encore leur sang, si ça vous intéresse, dit-il en désignant une rangée de bocaux alignés sur le rebord de la fenêtre.

Piper sentit son cœur défaillir. Si chacun de ces vingt bocaux contenait le sang d'un sorcier différent, il y avait eu beaucoup plus de victimes que prévu.

Les jambes chancelantes, elle se tourna vers Tessa et Taryn, qui se tenaient toujours blotties l'une contre l'autre, près de la porte.

— Ça veut dire que... que Tina est...

Taryn avança d'un pas et s'effondra, évanouie. Aussitôt, Tessa se jeta sur le sol, à côté de sa sœur, et éclata en sanglots.

Bouillant d'une rage meurtrière, Piper se dirigea lentement vers l'Anubi, leva la main et, après avoir laissé juste assez de temps à Phoebe, Cole et Léo pour s'éloigner de lui, elle le désintégra.

CHAPITRE 1

« Viva Las Vegas ! Viva… Viva… Las Vegas ! » chantonnait Paige Matthews en garant sa petite Coccinelle verte devant le manoir des Halliwell en ce beau jeudi soir.

Le soleil descendait déjà à l'horizon, peignant de longues traînées roses, violettes et jaune bouton-d'or sur le ciel de San Francisco. C'était le moment de la journée que Paige préférait, quand le travail était terminé et que le monde entier semblait soupirer de soulagement. Mais aujourd'hui, elle fredonnait déjà depuis le début de l'après-midi. Malheureusement, elle répétait inlassablement les trois mêmes mots, les seuls qu'elle connaissait de cette chanson pourtant très populaire.

Mais peu lui importait. Elle était tellement excitée qu'elle n'aurait pu s'empêcher de chanter même en se scellant la bouche d'un coup de magie !

Elle attrapa son sac, sauta de la voiture et attaqua les marches de l'escalier du manoir des Halliwell quatre à quatre. Elle avait toujours rêvé de se rendre à Las Vegas, pour y découvrir de ses propres yeux la fameuse avenue du Strip et tous ces néons, toutes ces enseignes gigantesques, ces constructions démesurées… Peut-être réussirait-elle même à toucher le superjackpot ! Et dire qu'elle y allait pour de vrai ! La semaine prochaine, à la même heure, elle serait là-bas, en train de faire chauffer les bandits manchots, s'offrir la tournée des casinos et gagner des tonnes de sous…

À *une condition et une seule* : qu'elle parvienne à convaincre ses sœurs de l'y accompagner.

Ses deux sœurs plus âgées, Piper et Phoebe Halliwell, avaient été plutôt pénibles à supporter, ces derniers temps. Sans doute à cause de tous ces démons qu'elles n'avaient cessé de devoir combattre. Mais c'était là le lot des Charmed, trois gentilles sorcières qui consacraient leur vie à protéger les innocents des forces du mal. La fréquence des combats avait été plus frénétique que d'habitude, dernièrement, mais cela allait peut-être jouer en sa faveur. Elle était déterminée à se montrer très optimiste et espérait bien que cet optimisme serait contagieux. Ses sœurs devaient prendre quelques jours de vacances… Elles en avaient vraiment besoin… Seulement, elles ne le savaient pas encore !

— Piper ? Phoebe ? Vous êtes là, les filles ? cria-t-elle en passant en trombe la porte d'entrée.

En attendant qu'elles répondent, elle posa son sac et en sortit un dépliant. Quelques secondes plus tard, elle entendit Phoebe dévaler l'escalier et vit Piper arriver en catastrophe de la cuisine. Toutes deux avaient l'air inquiètes et tendues.

— Qu'est-ce qu'il y a ? demanda Piper en remontant les manches de son chemisier. Que se passe-t-il ?

— Rien, répondit Paige, un sourire fendant son visage jusqu'aux oreilles. Ne prenez pas cet air paniqué, je ne viens pas vous annoncer que j'ai frôlé la mort à cause de méchants démons… Cela dit, un type complètement frappadingue m'a fait une queue de poisson sur l'autoroute et j'ai eu une peine folle à me retenir de ne pas le téléporter à la prison d'Alcatraz !

Ses deux sœurs échangèrent un regard affolé.

— Mais vous savez bien que je ne ferais jamais une chose pareille, voyons ! les rassura Paige.

En effet, elle n'était pas du genre à recourir à ses pouvoirs magiques pour satisfaire une rancœur personnelle ou apaiser sa rage, quelle qu'elle soit. Les Charmed n'étaient pas autorisées à se servir de leurs pouvoirs à des fins personnelles. Si elles tentaient de le faire, les conséquences pouvaient être terribles. Mais rien, dans le *Livre des Ombres*, ne stipulait qu'elles n'avaient pas le droit d'en rêver…

— Alors, Paige, que se passe-t-il ? demanda Phoebe en descendant les trois dernières marches avant de s'asseoir sur le palier. Pourquoi tous ces cris ?

— Ce sont des cris de joie ! répondit Paige en leur tendant son dépliant un peu froissé. On part toutes les trois en vacances !

— Ah oui ? Montre !

Cette perspective semblait intéresser Phoebe et Paige ressentit un fol espoir la chatouiller au ventre. Peut-être n'aurait-elle pas autant de mal que prévu pour les convaincre… Il est vrai qu'elle n'avait pas encore mentionné l'aspect du projet qui la préoccupait le plus, celui que ses sœurs allaient sans doute avoir du mal à avaler…

— Non, c'est hors de question ! répondit sèchement Piper en tendant la feuille à Phoebe.

— Tu plaisantes ? glapit Phoebe en rendant le papier à Paige.

— Est-ce que j'ai l'air de plaisanter ?

Elle reprit le dépliant et le contempla un instant d'un air morose. Qu'est-ce qui leur prenait ? Ne voyaient-elles donc pas que c'était l'occasion rêvée de vivre une expérience enrichissante ? Et de s'enrichir par la même occasion ?

— Tu veux qu'on se rende à une Convention de Sorcellerie, au Grand Sabbat de la Wicca ? demanda Piper sur le ton méprisant qu'elle utilisait pour parler des ivrognes et des fêtards qu'elle devait parfois faire virer de son club, le *P3*.

Quand les sœurs ne combattaient pas les démons, elles avaient en effet une occupation professionnelle. Piper dirigeait la discothèque la plus branchée de la ville, Phoebe tenait la rubrique des conseils pour le quotidien local et Paige travaillait en tant qu'assistante sociale. Une raison de plus pour mériter quelques jours de vacances. Techniquement parlant, elles assumaient chacune un double métier.

— Qu'est-ce qui vous chiffonne tant d'aller à ce rassemblement sabbatique ? Je vous rappelle que nous sommes des sorcières. Des supersorcières !

— Justement. Et je suppose que quatre-vingt-dix pour cent des gens qui viennent à ce truc n'ont pas la moindre notion du genre de maléfices que nous devons combattre chaque jour, répondit Phoebe en se levant.

— Et alors ? Nous ne savons pas grand-chose sur les rites et les traditions Wiccas, objecta Paige. Nous passons la majeure partie de notre temps à vaincre les démons. N'avez-vous donc pas envie de connaître toutes les facettes de ces pratiques que nous exerçons si souvent ?

— Paige, nous avons acquis ces connaissances, dit Piper. À moins que tu n'aies oublié les heures passées à étudier les potions et les incantations depuis ton arrivée au manoir ?

Paige grommela. Comment oublier les heures d'étude les plus fastidieuses de sa vie ? Piper s'était comportée comme un sergent instructeur en lui enseignant tout ce qu'il fallait savoir sur les cristaux et les plantes sans parler des différentes parties du corps des reptiles qui entraient dans la composition des sortilèges et des potions. Paige n'avait fait la connaissance de ses demi-sœurs que très récemment et avait beaucoup d'apprentissage à rattraper. Mais il existait tant d'autres choses que Paige voulait savoir ! Ses sœurs étaient peut-être des superpros pour inventer des sortilèges et conjurer des cristaux de protection, mais cela ne voulait pas dire que l'art de la magie s'arrêtait là.

— Et comment as-tu appris l'existence de ce truc ? s'enquit Piper en croisant les bras d'un air agacé.

— Il ne se passait pas grand-chose au bureau cet après-midi et j'en ai profité pour surfer un peu sur le Net. Vous ne pouvez pas imaginer combien de convents possèdent leur propre page web !

Piper et Phoebe éclatèrent de rire, et Paige sentit son visage devenir pivoine. Décidément, ses sœurs avaient le chic d'étouffer dans l'œuf le moindre enthousiasme.

— Je ne dis pas qu'on doit passer à l'ère informatique, protesta-t-elle, frustrée. Mais ça a l'air tellement cool. Le rassemblement aura lieu durant le solstice d'été et il y aura plein de rituels qu'ils organiseront en l'honneur de la Déesse…

Paige se tourna vers Phoebe, espérant au moins trouver une alliée en elle, puisqu'elle était bien plus portée sur le spirituel et le romantique que ne l'était Piper, dont l'esprit demeurait terriblement rationnel.

Mais Phoebe continuait à la considérer d'un air on ne peut plus sceptique.

— Et puis, les filles, c'est à Las Vegas ! insista Paige qui n'était pas encore prête à renoncer. On pourrait s'amuser comme des folles !

— C'est justement ça que je trouve bizarroïde, dit Phoebe. S'ils se rassemblent pour communier ensemble dans la spiritualité, je ne vois pas pourquoi ils choisissent la capitale du vice et de la dépravation ! J'imagine toutes ces poulettes en chapeau noir en train de fumer le cigare en jouant au black-jack.

Même Paige eut du mal à ne pas sourire à cette image, mais elle s'efforça de garder son sérieux.

— Piper…

— Je regrette, Paige. Mais je ne vois vraiment pas l'intérêt d'y aller. Nous combattons le mal chaque jour. Qu'avons-nous en commun avec cette bande de zinzins qui s'imaginent qu'être une sorcière consiste à dessiner des cercles magiques et à idolâtrer leur chat ?

Paige détourna la tête en haussant les épaules.

— Qu'est-ce que tu peux être négative, alors !

Pourquoi se sentait-elle aussi abattue par leur réaction alors qu'elle savait depuis le début que cela allait être difficile ? Elle connaissait suffisamment ses sœurs pour s'attendre à un manque total de réceptivité au sujet de ce sabbat. Mais c'était plus fort qu'elle. Paige était furieuse que ses sœurs refusent de but en blanc ce projet. Ne se rendaient-elles pas compte combien la perspective de ce voyage l'excitait ? Que devait-elle faire ? Se rendre à ce truc toute seule ? Hors de question. C'était un grand rassemblement des convents Wiccas, pas une simple réunion pour sorcières ringardes et esseulées.

— Désolée, ma jolie, mais ce n'est pas ainsi que j'imagine mes vacances, ajouta Piper pour s'excuser.

Paige se creusa la cervelle pour trouver un argument de choc, mais en vain. Du moins, pas un de ceux qui sont suffisamment persuasifs pour faire changer d'avis ses sœurs têtues comme des mules. C'est d'ailleurs ainsi qu'elle allait les appeler, dorénavant. Les Têtues.

— Et puis, ajouta Phoebe, Cole et moi venons juste de nous fiancer. Je ne suis pas sûre d'avoir envie de le laisser ici seul, pendant que nous allons danser sous la lune avec une bande d'illuminés. Surtout avec tous ces démons qui n'ont pas cessé de rôder autour du manoir, ces temps-ci. Cole est un humain, maintenant, et il serait incapable de se défendre tout seul.

— Il y aura toujours Léo, argumenta Paige.

Léo, le mari de Piper, était un Etre de Lumière qui protégeait les Charmed et intervenait dès qu'elles avaient besoin de lui.

— Mais il ne peut pas être là tout le temps et il ne peut pas vraiment combattre les démons tout seul, fit remarquer Piper.

— Je peux toujours nous téléporter jusqu'ici en cas de panique, continua Paige.

— Je ne sais pas… j'ai simplement l'impression que c'est une mauvaise idée, insista Phoebe.

Paige repoussa tristement ses cheveux en arrière et laissa échapper un long soupir, essayant de ne pas montrer la profonde déception qu'elle ressentait. Généralement, quand elle avait une idée en tête, elle n'abandonnait pas avant d'avoir gagné. Mais elle était consciente que, cette fois, ce ne serait pas aussi facile. D'ailleurs, Phoebe et Piper donnaient déjà l'impression de penser que le sujet était clos.

— Bon, bon… conclut Paige en faisant une boulette du prospectus. C'était juste une idée.

Elle ramassa son sac et commença à monter l'escalier en passant devant Phoebe. Elle savait que Piper et sa sœur allaient se mettre à murmurer derrière son dos dans les cinq secondes à venir. Paige était-elle fâchée ? Avaient-elles géré la situation comme il faut ?

Et c'est exactement ce qu'elles firent. Mais peu lui importait, elle préférait simplement ne rien entendre de tout cela.

Aussitôt parvenue dans sa chambre, elle ferma la porte derrière elle et poussa la stéréo au maximum. Elle envoya valser ses sandales, se laissa tomber sur le lit et jeta avec dépit son projet de vacances vers la corbeille à papier. La boulette manqua la cible et tomba sur le sol, à quelque cinquante centimètres du but.

Frustrée, Paige tendit la main.

— Papier ! ordonna-t-elle entre ses dents.

La boulette de papier fut prise dans un tourbillon de lumière bleu et blanc et revint dans la main de Paige. Elle la relança vers le panier, et cette fois marqua un but parfait. Les bras en croix, elle se laissa tomber en arrière sur les coussins moelleux et fixa pensivement le plafond.

— Cela m'apprendra à m'exciter sur des Viva Las Vegas ! maugréa-t-elle.

— Je m'en veux un peu, chuchota Phoebe en suivant Piper à la cuisine. Paige était tellement contente.

Elle se hissa sur un tabouret de l'îlot central et posa les coudes sur la surface froide du plan de travail. Elle aurait aimé accepter la proposition de sa petite sœur qui mourait d'envie d'y aller, mais elle n'arrivait pas à partager cet enthousiasme. Sa vie avait été très chamboulée ces derniers temps et devenir une Wicca parfaite ne faisait pas partie de ses priorités immédiates. Il était plus urgent d'aider son futur mari à trouver un job, d'écrire son article et de débarrasser les environs de quelques démons.

— Je sais, répondit Piper. Mais me retrouver à Las Vegas avec une bande de pseudo-sorcières ? Très peu pour moi !

Elle servit deux tasses de café et en tendit une à Phoebe.

— Mmmm, délicieux ! Mais où irais-tu si tu pouvais partir en vacances ? demanda Phoebe en buvant avec délice le café brûlant. Imagine, par exemple, que tu puisses partir n'importe où dans le monde… Où irais-tu ?

— Là ? Maintenant ? Je partirais dans les îles, sans une seconde d'hésitation. Le sable chaud, la mer azur, les cocktails de fruits sous les parasols…

— Et Léo, bien sûr !

— Ça va de soi ! Léo serait forcément de la partie.

Elle avala une gorgée de café et regarda Phoebe d'un air rêveur, puis ajouta en souriant aux anges :

— Mmmm… J'ai l'impression d'y être ! Mais où donc est mon mari quand j'ai besoin de lui pour m'amener aux Bahamas ?

Soudain, un tourbillon de lumière apparut au milieu de la cuisine et, quand il disparut, Léo se tenait devant elles, une fleur exotique à la main.

— Tu m'as appelé ? demanda-t-il en venant se glisser à côté de Piper.

— Toute cette histoire d'Etre de Lumière est parfois bien pratique, dit Piper en se mettant sur la pointe des pieds pour embrasser son mari.

En tant qu'Etre de Lumière, Léo était capable de se téléporter là où il le désirait et pouvait toujours entendre Piper et ses sœurs quand elles l'appelaient à leur secours. Paige était mi-Etre de Lumière, mi-sorcière et pouvait donc se téléporter elle-même, mais également déplacer des objets.

Piper prit la grande fleur rose entre ses doigts.

— Que dirais-tu d'aller passer un week-end à la plage ? demanda-t-elle.

— Je dirais qu'il est grand temps ! Au fait, où est Cole ? demanda Léo.

— Il cherche du travail, répondit Phoebe. Espérons qu'il aura de bonnes nouvelles à nous annoncer en rentrant.

À ces mots, elle entendit la porte d'entrée s'ouvrir et se retourna, certaine de le voir débouler. Mais au lieu de Cole, ce fut leur ami Daryl Morris qui entra dans la cuisine, le front plissé d'inquiétude et la cravate dénouée. Cela ne lui ressemblait pas !

— Ouf, vous êtes là ! dit-il, l'air soulagé. Où est Paige ?

— Elle est en haut, répondit Phoebe tandis qu'il retirait sa veste et reprenait son souffle. Daryl, qu'est-ce qui ne va pas ? Tu as l'air bien agité !

— Je vous le dirai une fois que Paige sera descendue, dit-il en repartant vers le vestibule pour appeler Paige.

Piper et Phoebe jetèrent un regard intrigué à Léo. Daryl était un inspecteur de la police départementale de San Francisco et le seul civil à connaître les pouvoirs des sœurs. Il n'avait pas l'habitude de se précipiter chez elles ainsi en temps normal. Venait-il les mettre en garde contre un danger important qui les concernait directement ? Phoebe sentit son estomac se nouer et, le temps qu'il revienne avec Paige, elle avait déjà imaginé plus d'une centaine de scénarios les uns plus affreux que les autres.

— Que se passe-t-il, Daryl ? insista-t-elle en levant les yeux vers ses superbes traits noirs. Allez, lâche le morceau !

— Ce que j'ai à vous dire ne va pas vous plaire, commença-t-il. On dirait que quelqu'un kidnappe des sorcières.

Les poils se dressèrent aussitôt sur les bras de Phoebe.

— Ici ? À San Francisco ? demanda Paige.

— Dans tout le pays, répondit gravement Daryl.

— Tu plaisantes ! intervint Piper en regardant ses sœurs avec circonspection.

— Si seulement !

Il commença à arpenter la pièce, comme il le faisait

souvent quand il avait un excédent d'énergie à dépenser. Ses chaussures bien cirées couinaient sur le carrelage à chaque pas et Phoebe commençait à avoir le vertige à force de le voir s'agiter ainsi.

— Ce matin, je travaillais sur une enquête concernant une disparition et j'ai parlé à l'amie de l'une des disparues. Celle-ci m'a raconté que Clarissa était membre d'un convent et qu'elle et ses consœurs sorcières craignaient justement que ce genre de chose ne leur arrive un jour. Il se trouve en effet que la cousine de cette fille appartient à un convent dans l'Est et qu'il y a eu une flopée de disparitions là-bas ces deux dernières semaines.

— Qu'est-ce que tu appelles une flopée ? s'enquit Piper.

— Au moins seize, d'après ce que je sais. Peut-être même plus.

Daryl cessa ses allées et venues et retira une feuille de papier de la poche de sa chemise qu'il déplia avant de la poser sous les yeux de ses amis.

Phoebe lut à haute voix :

« Sorciers, Sorcières, Attention ! Soyez sur vos gardes ! Des sorcières ont été kidnappées. Huit convents ont déjà été touchés, de Boston à New York, en Virginie et même jusqu'en Floride. L'enlèvement a généralement lieu durant la nuit, pendant que la victime dort. Soyez donc vigilants, verrouillez tout pendant la nuit et investissez dans un système d'alarme. *Faites le maximum pour vous protéger !* Informez-nous si vous entendez parler d'autres incidents inquiétants. Nous devons nous protéger les uns les autres. Vos frères et vos sœurs ont besoin de votre aide ! »

Phoebe sentit un frisson courir le long de son dos.

— Pourquoi n'avons-nous pas entendu parler de ça ? demanda Piper.

— Oui ! D'où est-ce que tu tiens ça, Daryl ? s'enquit Paige en tirant la feuille vers elle.

— De cette fille à qui j'ai parlé ce matin. Apparemment, cela a été envoyé par e-mail à tous les convents qui sont présents sur le Net.

— Ah, vous voyez ! Quand je pense que vous ne voulez pas vous mettre à l'informatique, déclara Paige en lançant un regard noir à Piper.

— Tu parlais de seize enlèvements, fit remarquer Piper en ignorant l'intervention de Paige. Mais sur ce message, ils n'en mentionnent que huit.

— J'ai fait quelques recherches et j'en ai trouvé davantage. Beaucoup de services de police n'ont pas encore fait la relation avec le fait que les victimes sont toutes des sorcières ou des sorciers. De plus, il y a également eu des enlèvements au Texas, à Chicago, dans le Wisconsin… On dirait presque que ces détraqués se dirigent lentement vers l'ouest.

— Et maintenant, ils sont là ? déclara Phoebe d'une voix légèrement tremblante.

— Il y a déjà eu trois enlèvements dans les environs de la baie de San Francisco. Je pensais simplement que je devais vous prévenir, étant donné que vous êtes…

— Vous pourriez très bien être les prochaines victimes, intervint Léo, exprimant ce que chacun d'entre eux pensait.

— Avez-vous des renseignements sur les kidnappeurs ? demanda Piper.

— Malheureusement non. Chaque victime a été

enlevée au milieu de la nuit, comme l'indique l'e-mail. Mais en dehors de ça et du fait qu'il s'agit de Wiccas, il n'y a aucun indice reliant les différentes affaires. Celui qui organise tout cela est particulièrement efficace et ne laisse aucune trace.

— Je vais me renseigner auprès du Conseil des Sages, à ce sujet, dit Léo. Ils doivent être inquiets, eux aussi.

— Tiens-nous au courant de ce que tu trouveras, dit Piper.

— Bien sûr, répondit Léo avec un sourire rassurant.

Il se téléporta hors de la cuisine, laissant derrière lui un silence très lourd. Phoebe considéra longuement la feuille de papier, ressentant un nouveau frisson d'effroi. Elle ne pouvait imaginer ce que c'était, pour ces pauvres victimes innocentes, d'être ainsi arrachées de leur foyer en plein milieu de la nuit. Elles avaient dû être tellement effrayées !

— Daryl ? Y a-t-il quelque chose que nous puissions faire ? demanda-t-elle en sentant une décharge d'adrénaline.

— En fait, j'attendais un peu que vous le proposiez. Je ne voudrais pas vous mettre en danger, mais si vous pouviez en parler à quelques convents de la région... Peut-être s'ouvriront-ils à vous plus facilement. Peut-être savent-ils quelque chose sans même s'en rendre compte.

— Bien sûr, Daryl. Nous serions ravies de t'aider, répondit Paige.

— Nous ferons de notre mieux, renchérit Piper.

Phoebe ramassa la page et eut l'impression que

quelques mots isolés sautaient à ses yeux : *kidnappées... protéger... mise en garde... aide...*

— Il faut que nous découvrions qui est à l'origine de ces enlèvements, déclara Phoebe avec détermination. Et cela avant que d'autres victimes aient encore à souffrir des agissements de ces fêlés !

CHAPITRE 2

Piper s'assit sur le bord du canapé qui trônait au milieu du salon de Missy Stark, avec la désagréable sensation de déranger. Elle n'aurait su dire pourquoi cet endroit la mettait mal à l'aise, mas elle avait le sentiment de ne pas être à sa place. Missy l'avait pourtant bien accueillie quand elle lui avait dit de venir de la part de la police, mais quelque chose la chiffonnait, dans cette maison. Les murs de la pièce étaient couverts d'un papier peint bleu nuit, imprimé de croissants de lune argentés. Chaque fenêtre était cachée derrière une superposition d'une dizaine de voiles multicolores et des centaines de bougies plus ou moins consumées encombraient la moindre surface horizontale.

Missy s'était rendue à la cuisine où elle préparait du thé et Piper pouvait entendre des bruits de vaisselle. La table devant elle était chargée de piles de livres concernant la sorcellerie. *L'Agenda de la Magie, Le Guide des Cristaux et du Pouvoir des Couleurs, Votre Convent et vous*… Piper sourit. Elle comprenait enfin la raison de son malaise. Missy Stark était exactement le genre de personne qu'elle évitait à tout prix. Une sorcière du style bonne femme qui touche un peu à tout, qui l'horripilait au plus haut point et l'avait poussée à refuser le voyage de Paige à Las Vegas.

Missy revint dans la pièce, ses bouclettes rousses accrochant la lumière des bougies. Elle affichait un sourire forcé et, quand Piper remarqua que les joues de son hôtesse étaient marquées de larmes essuyées à la hâte, elle ressentit un peu de remords. Et dire qu'elle portait un jugement défavorable sur cette pauvre femme alors qu'elle venait de perdre une de ses meilleures amies. Il était temps qu'elle se concentre un peu sur le motif de sa visite.

Missy posa un plateau chargé de tasses et de gâteaux secs sur les piles de livres.

— Merci, dit Piper, en croisant les jambes. Vous alliez me parler de Clarissa.

— Oh, attendez ! Je vais essayer de vous trouver une photo d'elle, déclara Missy en se relevant aussitôt, comme mue par un ressort.

Virevoltant d'un coin à l'autre de la pièce telle une pelote de nerfs, elle regardait des photos encadrées posées sur les tables ou les rebords de fenêtre.

— En voilà une ! annonça-t-elle finalement en saisissant un cadre orné de cristaux roses et violets.

Elle revint vers le canapé pour le tendre à Piper. Puis elle recula de quelques pas pour mieux guetter la réaction de Piper, comme l'aurait fait une mère fière de son enfant.

— Vous ne trouvez pas qu'elle est ravissante ? demanda Missy. Tous ceux qui la rencontraient faisaient des commentaires sur ses cheveux extraordinaires.

Piper tenait religieusement le cadre entre ses doigts.

Le premier mot qui lui vint à l'esprit en étudiant le portrait était le mot *ange*. La peau de Clarissa était pâle, lumineuse. Les cheveux d'un blond irréel avaient l'air de flotter autour de son visage et ses yeux d'un bleu vif avaient un air à la fois heureux et triste.

— Elle est superbe, dit Piper en rendant la photo.

Missy reposa le cadre là où elle l'avait pris et vint s'asseoir en face de Piper.

— Vous avez déclaré à la police qu'elle avait disparu au milieu de la nuit, c'est bien ça ? demanda Piper.

— Oui, dit Missy en versant deux tasses de thé. Je lui avais parlé vers vingt-trois heures, juste avant qu'elle aille se coucher. Le lendemain, nous devions nous retrouver pour prendre un petit déjeuner matinal mais elle n'a pas répondu quand j'ai sonné à la porte. Je sais où elle cache la clé et je m'apprêtais à rentrer par mes propres moyens, mais la serrure était cassée. Je sais que j'aurais immédiatement dû appeler la police, mais je voulais savoir si elle allait bien et je suis rentrée dans la maison. Sa chambre était un véritable capharnaüm et il y avait des objets cassés tout le long de l'escalier, comme s'il y avait eu une lutte.

Sa voix se brisa et Piper espéra que Missy n'allait pas se mettre à pleurer. Ne sachant comment réagir, elle retenait son souffle. Que dire pour consoler Missy si celle-ci se laissait submerger par ses émotions ? Que tout allait s'arranger alors que personne ne savait ce qu'il était advenu de son amie ? Mais Missy tint le coup et se reprit. Elle tendit une tasse à Piper et s'installa en face d'elle.

Une serrure cassée, pensa Piper. *C'est un acte typi-*

quement humain. Les démons arrivaient généralement à pénétrer dans les maisons sans faire appel à des procédés aussi primaires. Il se pouvait aussi qu'un démon le fasse exprès pour brouiller les pistes. Certains d'entre eux étaient assez rusés pour préparer des mises en scène dans le seul but de tromper tout le monde.

— Je n'arrive pas à comprendre ! dit Missy. Elle n'avait pas d'ennemis, sa famille l'aidait beaucoup et… tout le monde l'aimait.

— Peut-être quelqu'un l'aimait-il trop ? suggéra Piper. Avait-elle un ex-petit ami ?

Missy sembla troublée par la question, comme si une telle chose était impensable.

— Non. C'est-à-dire que… si. Elle a rompu avec Theo, il y a environ un an, mais de manière très amicale. D'ailleurs, il parcourt l'Europe en stop avec son sac à dos et elle venait juste de recevoir une carte postale de lui, il y a quelques jours.

Un coup d'épée dans l'eau. De toute façon, cela ne tenait pas debout…

— Et votre convent ? demanda-t-elle. Des jalousies ? Des rivalités pour le pouvoir ?

— Clarissa est notre grande prêtresse, ce qui est forcément une position de pouvoir, expliqua Missy avec un sourire attendri. Mais nous nous entendons tous très bien et la nomination de Clarissa à ce poste a été unanimement proclamée. La Déesse est profondément incarnée en elle.

Piper dut se concentrer pour ne pas lever les yeux au ciel.

— Comment cela, incarnée ? demanda-t-elle en évitant de laisser paraître le moindre sarcasme.

— Vous allez croire que je suis folle, répondit Missy en détournant les yeux.

— Vous pouvez me faire confiance, l'encouragea Piper. Je pourrais vous dire un tas de choses qui vous feraient penser que c'est moi qui suis folle.

Missy prit une longue inspiration, soulevant lentement sa poitrine généreuse.

— O.K. Cela vous aidera peut-être. Mais je vous aurai prévenue, dit-elle finalement.

Puis elle se mordit les lèvres et ferma les yeux avant d'ajouter :

— Clarissa peut voir des choses…

Un petit drapeau rouge se dressa dans l'esprit de Piper. Peut-être ces nanas n'étaient-elles pas si zinzin que ça, après tout !

Missy ouvrit un œil comme si elle craignait de voir la réaction de Piper.

— Quelles sortes de choses ? demanda Piper sur un ton neutre.

— Quand elle touche un objet… n'importe lequel… elle peut voir la dernière personne l'ayant touché. C'est presque comme une clairvoyance ou une espèce de vision. Elle peut même dire ce que cette personne ressentait quand elle tenait cet objet et savoir ce qu'elle a fait après l'avoir reposé.

— Ouah ! C'est un pouvoir impressionnant ! dit Piper en s'éclaircissant la gorge.

— Clarissa a toujours été capable de sentir les émotions en touchant les objets, mais elle a eu sa première véritable prémonition il y a quelques semaines. À la banque, elle avait pris en main un stylo qu'une femme avec deux enfants venait de poser. Elle a immédiatement ressenti le calme et la sérénité de cette femme. Puis, presque au même instant, elle avait eu une vision de cette mère de famille heurtée par une voiture à la sortie de la banque. Clarissa ne savait pas si c'était la vérité ou si elle devenait folle, mais elle a retenu la femme en lui posant des questions sur l'école de ses enfants. Quelques instants plus tard, une voiture a perdu le contrôle et s'est jetée contre un pilier juste devant la banque. Cela s'est exactement passé comme dans la vision de Clarisse, sauf que la femme n'a pas été blessée.

— Comme c'est étrange, déclara Piper en pensant aux prémonitions de Phoebe.

Elle était contente que Clarissa utilise ses prémonitions pour venir en aide aux gens comme le faisait sa sœur. Parfois, des gens détenant un tel pouvoir ne savaient pas comment le contrôler et l'utilisaient pour leur propre bénéfice. Ou tout simplement pour faire le mal.

— Personne d'autre dans notre convent ne possède ce genre de talent, dit Missy.

Peut-être quelqu'un voulait-il que Clarissa ne l'utilise pas sur lui, pensa Piper, une légère sueur perlant sur son front. Peut-être quelqu'un voulait-il que ce pouvoir ne s'ébruite pas. Elle sentit son cœur commencer à s'affoler et n'avait plus qu'une envie : sortir de là au plus vite et retrouver ses sœurs. Elle voulait s'assurer qu'elles allaient bien.

— Combien de personnes sont au courant des pouvoirs de Clarissa ?

— Juste notre convent. Vous pouvez imaginer pourquoi elle ne veut pas que cela se sache. Si quelqu'un de malintentionné le découvrait…

Elles échangèrent un regard entendu. Toutes deux

savaient exactement ce qui arriverait. C'était sans doute déjà fait.

— Bon, je vous remercie d'avoir pris le temps de me recevoir, déclara Piper en se levant.

— Vous pensez qu'on a un espoir de la retrouver ? demanda Missy en bondissant pratiquement de son fauteuil pour suivre Piper jusqu'à la porte.

— Nous ferons tout ce qui est en notre pouvoir, je vous le promets. Nous vous tiendrons au courant.

Elle se précipita vers sa voiture, impatiente de retrouver Daryl, Paige et Phoebe pour leur faire part de ce qu'elle venait d'apprendre : si le mobile qu'elle supputait était le bon, les Charmed étaient véritablement en danger.

— Cette maison est immense ! déclara Paige à Elijah Baker tandis qu'il l'accompagnait d'un salon à l'autre. Vous devez payer un sacré loyer !

Elijah était membre d'un convent mixte dont un membre avait disparu la semaine précédente. Son impressionnante maison à l'architecture victorienne était décorée en style contemporain : cuir noir, chromes, sols en marbre poli. C'était le genre d'endroit qui intimidait tellement Paige qu'elle n'osait toucher à rien et allait même jusqu'à resserrer son blouson de cuir au plus près de son corps de peur qu'il ne frôle quoi que ce soit. C'était superbe, mais peu accueillant.

— Je ne vis pas tout seul, ici, expliqua Elijah en s'approchant de la grande cheminée en ardoise pour y prendre une photo encadrée. La plupart des membres du convent vivent également ici. Une espèce de...

fraternité mystique, si on veut. Sauf qu'il y a également des femmes !

— Euh… c'est plutôt cool, balbutia Paige.

Normalement, elle était capable de parler de n'importe quoi avec n'importe qui, mais cet homme et son environnement la mettaient terriblement mal à l'aise.

Il lui tendit la photographie et Paige l'observa un instant. Un frisson parcourut son corps : tous les hommes et toutes les femmes avaient un aspect tellement sévère et rigide. Aucun d'entre eux ne souriait. Apparemment, ces gens prenaient leur convent très au sérieux.

— Et voilà Samson, au centre, expliqua Elijah.

Paige considéra le sorcier disparu et se surprit soudain à sourire. Samson était un bel homme noir à la tête rasée. Sa bouche était comme celle des autres, on ne peut plus sérieuse. Mais ses yeux souriaient. D'instinct, Paige pouvait sentir que cet homme était quelqu'un de sympa, capable de prendre du recul pour se détendre, même au milieu de ce groupe de culs pincés qui l'entouraient.

Elijah retira brusquement le cadre des mains de Paige et le replaça sur le manteau de la cheminée avec une précision presque maniaque.

— Allons à la cuisine, dit-il en tournant les talons.

À ce ton sec et cassant, Paige se mit à rougir et se demanda ce qu'elle avait pu faire pour le froisser. Elijah était élancé et portait de longs cheveux châtain clair. Ses manières détachées, presque condescendantes, seyaient mal à son physique on ne peut plus ordinaire. Elle ne s'attendait pas à cela venant d'un sorcier, qu'elle imaginait tous accueillants, ouverts et patients. Ce jugement hâtif était bien sûr aussi erroné que le cliché de Piper qui prétendait que tous les sorciers qui se rendent au sabbat n'étaient qu'une bande de prétentieux ringards. Et puis, elle devrait se montrer un peu plus tolérante : ce pauvre homme ne venait-il pas de perdre un de ses amis ?

Elle le suivit dans la cuisine high-tech et s'installa à côté de lui, à une longue table entourée de huit chaises au dossier de cuir noir. Elles étaient terriblement inconfortables et Paige eut une folle envie de s'asseoir en tailleur pour être plus à l'aise.

— Est-ce que Samson habitait ici ? demanda-t-elle tandis qu'il l'observait à la dérobée, les yeux plissés comme pour la jauger.

— Oui, il a été kidnappé ici.

Paige vit les muscles des mâchoires d'Elijah se crisper, comme s'il était en colère ou en train de penser à quelque chose de déplaisant.

— Ça va ? Vous allez bien ? s'enquit-elle en se retenant de poser sa main sur le bras de l'homme assis en face d'elle.

— Oui, oui, ça va. C'est juste qu'il dormait au bout du couloir où se trouvait ma chambre et celle d'une demi-douzaine de nos amis. Je ne comprends pas pourquoi nous n'avons rien entendu. Je suppose que ces gens savaient ce qu'ils faisaient.

Paige sentit une profonde compassion et aurait aimé le réconforter. Mais cela ne devait pas être le genre d'homme à se laisser aller à la moindre familiarité avec des étrangers.

— Mais ce n'est pas votre faute. Vous n'y êtes pour rien.

Il prit une longue inspiration et fixa le grand bol en

verre placé au centre de la table. Le silence devint de plus en plus lourd et Paige commença à envisager de se lever pour quitter les lieux au plus vite. Cet homme n'était pas bavard. Mais elle n'avait pratiquement rien appris de nouveau, du moins rien qui puisse intéresser Daryl et ses sœurs. Alors elle attendit, espérant qu'Elijah finirait par se montrer plus loquace.

— Je ne sais pas ce que nous allons devenir sans lui, dit-il finalement d'une voix si basse qu'elle se demanda si elle avait bien entendu.

— Il vous manque, n'est-ce pas ? demanda-t-elle en se tortillant sur son siège.

Le pantalon en vinyle de Paige couina comiquement sur la surface dure du siège.

— Désolée, dit-elle en devenant aussi rouge qu'une pivoine.

— Ne vous en faites pas, ça arrive tout le temps, répondit-il avec un léger sourire qui la détendit un peu. Oui, Samson me manque. C'est comme un frère pour moi. Mais il n'y a pas que ça…

— Qu'y a-t-il ? l'encouragea-t-elle d'une voix douce. Était-il votre grand prêtre ?

Elle sentit une pointe de fierté en utilisant le vocabulaire approprié. Toutes ces heures passées à surfer sur les sites de sorcellerie servaient enfin à quelque chose.

— Il l'était, en effet, répondit-il en se passant une main sur le visage d'un geste las. Il est d'une grande inspiration pour tout le monde, ici. Il a ce pouvoir… Il est capable de percevoir les auras avec une incroyable précision et il a le don de les éclaircir. Il m'a beaucoup aidé après la mort de ma mère et je lui en

serai éternellement reconnaissant. Il m'a permis de
mettre une croix sur le passé et d'avancer vers l'avenir.

Il crispa de nouveau ses mâchoires, comme s'il
regrettait de mettre ainsi à nu sa vie privée. Il laissa
échapper un bref soupir de frustration, sans pour autant
quitter Paige des yeux, attendant sans doute qu'elle
poursuive son espèce d'interrogatoire.

— Quelqu'un d'autre à votre convent possède-t-il ce
pouvoir ?

— Non. Nous avons des pouvoirs ensemble, bien
sûr, mais Samson était le plus talentueux d'entre nous.
Il a aidé beaucoup de personnes.

— Il a l'air d'être un type bien, dit Paige.

Elle se rendit aussitôt compte de ce que ses paroles
avaient de convenu, mais elle se sentait obligée de dire
quelque chose.

— Je vous en prie, retrouvez-le ! Honnêtement, je
ne sais pas ce que nous allons devenir sans lui.

Elle comprit qu'avec ces mots il venait de prendre
congé et repoussa sa chaise pour se lever.

— Nous ferons de notre mieux, dit-elle en souriant.
Merci de m'avoir reçue.

— Je vais vous raccompagner, proposa Elijah en
s'apprêtant à se lever à son tour.

— Non, merci, je retrouverai le chemin, dit-elle en
lui tendant la main.

Elle tourna les talons et se dirigea vers le salon à
l'avant de la maison, puis jeta un coup d'œil par-dessus
son épaule. Comme elle avait prêté sa voiture à Phoebe,
et que Piper avait pris la leur, il ne lui restait qu'à se téléporter hors de la maison d'Elijah et jusqu'au manoir.
C'était un moyen de locomotion tellement pratique ! Et

puis, d'avoir vu ce pauvre bougre si abattu par la disparition de Samson, lui donnait une envie urgente de revoir ses sœurs. Elle n'osait imaginer ce qu'elle ferait si quelqu'un devait disparaître du manoir Halliwell…

— Bon ! Résumons-nous, dit Phoebe en se passant une main tremblante sur le front. Samson et Clarissa étaient tous deux les sorciers les plus puissants de leur convent. Avaient-ils de véritables pouvoirs ?

— Apparemment, oui, répondit Paige en se laissant aller contre le dossier du canapé où était également installé Daryl.

— Voilà qui est troublant, dit Phoebe. Keisha était également la grande prêtresse de son convent. On dit qu'elle avait le pouvoir de voir à travers les objets solides.

— Une Superwoman sorcière ? demanda Piper avec sarcasme.

— Quelque chose dans ce goût-là, répondit Phoebe.

Son cœur battait à tout rompre et sa gorge se serrait au fur et à mesure qu'elle voyait les morceaux du puzzle s'assembler devant ses yeux. Ce qu'elle commençait à comprendre ne lui plaisait pas du tout.

— Quelqu'un essaie de museler de nombreux pouvoirs, conclut Piper en observant les photos encadrées posées devant elle, sur le dessus de la cheminée.

— Ou au contraire de rassembler de nombreux pouvoirs, la contra Phoebe.

Au vu des réactions de ses sœurs qui restaient bouche bée devant sa conclusion, elle comprit qu'elle était la seule à voir les choses sous cet angle. Si les autres sorciers kidnappés étaient aussi puissants que les trois dont ils avaient entendu parler aujourd'hui, alors quelqu'un était en train de se composer un arsenal de pouvoirs magiques. Qui sait dans quel but le kidnappeur voulait tous ces sorciers ?

— Une minute ! intervint Daryl. Essaies-tu de nous dire que quelqu'un tenterait de former une espèce d'armée ?

— C'est à peu près ça, répondit Phoebe. Mais c'est peut-être pire. Ces sorciers ont tous l'air d'être des gens gentils et il ne sera pas facile de les rendre méchants. Mais si nous avons affaire à un warlock…

— Voyons voir… c'est quoi, déjà, un warlock ? demanda Daryl en interrogeant Piper et Phoebe des yeux.

— Quand un warlock tue une vraie sorcière, il absorbe son pouvoir et est capable de l'utiliser, expliqua Phoebe en se redressant, les mains dans les poches arrière. Si nous avons affaire à un warlock ou à une espèce de démon prédateur…

— Alors, à l'heure qu'il est, un seul type peut posséder tous les pouvoirs à la fois ! fit observer Paige, la voix tremblant d'effroi.

— Et je parie qu'il ne s'en servira pas pour faire le bien, ajouta Piper.

— Tout cela ne me dit rien qui vaille ! dit Daryl en se levant. Je pense que vous devez partir d'ici immédiatement.

— Quoi ? De quoi parles-tu, Daryl ? s'inquiéta Paige.

— Il faut qu'on vous trouve une maison où vous soyez en sécurité, répondit Daryl avec empressement. Si ces types sont en train de rassembler différents pouvoirs, ils ne vont pas tarder à débarquer ici !

— Ils ne prennent que les plus puissants de chaque

convent, fit remarquer Paige. Je me demande qui ils choisiraient de nous trois, dit-elle en jetant un regard interrogateur à Phoebe.

— Moi je voterais pour Piper, répondit Phoebe, pensive.

— Oh, non, je t'en prie ! rétorqua Piper en secouant vivement la tête. Phoebe est la plus douée, ici. Tu sais même voler !

— Il ne faut pas sous-estimer Paige, observa Phoebe en pointant son index vers sa sœur. Elle est très fortiche avec ses trucs de disparition.

— Ah, merci ! Je commençais à me sentir un peu exclue, déclara Paige en faisant la moue.

— Mesdames, un peu de calme ! intervint Daryl, frustré.

Phoebe et ses sœurs riaient, mais quand Daryl leur jeta le regard autoritaire du policier-qui-prend-les-choses-avec-sérieux, elles se calmèrent.

— Désolée, dit Phoebe, la main sur la bouche. On avait besoin d'une pause humour.

— Eh bien, je ne suis pas d'humeur à faire de l'humour, dit Daryl. Je suis surpris que ces gens, ou magiciens, ou je ne sais quoi, ne soient pas encore venus pointer leur nez ici pour s'en prendre à vous trois.

— En tout cas, nous n'allons pas nous mettre à fuir. Nous ne l'avons jamais fait et ce n'est pas aujourd'hui que nous allons commencer ! déclara Piper en venant s'asseoir à côté de Paige. Nous sommes capables de nous défendre. Il faut simplement que nous restions sur nos gardes en permanence.

— Exactement ! renchérit Phoebe sur un ton décidé. Nous allons nous méfier. Mais… de quoi ?

CHAPITRE 3

Paige tira son sweat-shirt baggy préféré du tiroir de sa commode et l'enfila. Au contact du tissu moelleux sur sa peau, elle soupira de plaisir. Après une dure journée comme celle qu'elle venait de passer, elle ne pensait plus qu'à entrer dans ses vêtements les plus confortables pour se redonner du courage. Si un cinglé devait venir la kidnapper dans sa propre maison, autant qu'elle le reçoive dans une tenue où elle se sentait parfaitement à l'aise. Et rien ne vaut des vêtements amples pour botter quelques derrières !

En bas, Daryl, Piper et Phoebe discutaient toujours et leurs voix qui arrivaient jusqu'à elle à travers les planches du parquet la réconfortaient aussi. De savoir que sa famille était là, si proche d'elle, lui apportait un sentiment de chaleur et de sérénité. C'était comme si elle pouvait venir à bout de toutes les difficultés. Ses sœurs et elle avaient dû affronter de nombreux problèmes et avaient toujours fini par s'en sortir. Elle savait qu'aussi longtemps qu'elles seraient là pour elle, rien de mal ne pourrait lui arriver.

Bon... quelque chose pourrait peut-être arriver, mais ce ne serait pas la fin du monde. Sûrement pas.

Paige se retourna et s'apprêtait à redescendre quand quelque chose attira son attention : une petite boule de papier froissé au fond de la corbeille. Soudain, son visage s'illumina. Une idée se forma rapidement dans sa tête. Non, pas juste une idée, mais un plan ! Elle ramassa la boulette de papier et quitta la pièce, tremblant presque d'excitation.

— Zorro est ar-ri-vé... é... é... ! chanta-t-elle en dévalant l'escalier.

Quand elle arriva dans la cuisine en sautillant, tout le monde se tut.

— Hé, les gars ! Hé ! J'ai trouvé la solution ! cria-t-elle en faisant une glissade à travers la cuisine, en chaussettes.

Piper, Phoebe et Daryl étaient assis autour de la table de la cuisine. Daryl jeta sa chaise en arrière quand il comprit qu'elle lui foncerait dans le dos s'il ne s'écartait pas de sa trajectoire.

— Trouvé quelle solution ? demanda Piper en fronçant les sourcils.

Paige défroissa le papier.

— Une solution pour savoir qui organise ces enlèvements, dit Paige, le visage cramoisi de satisfaction triomphante.

— O.K. Mais je ne comprends pas pourquoi tu me tends de nouveau ce papier sous le nez, s'énerva Phoebe en reconnaissant le dépliant.

— Il faut qu'on aille à la Convention ! s'exclama Paige en jetant le papier sur la table.

— Oh, non ! Pas ça ! dit Piper en s'avachissant sur sa chaise.

— C'est quoi, cette... Convention ? s'enquit Daryl.

Il regarda la feuille avec circonspection, alarmé par la réaction peu enthousiaste de Piper et de Phoebe.

— C'est une Convention de sorcières, un immense sabbat de Wiccas ! s'exclama Paige sans se laisser déstabiliser.

Cette fois, elle était certaine d'avoir raison et ses sœurs ne pourraient pas refuser son plan.

— Des sorcières de tout le pays vont se rassembler à Las Vegas, la semaine prochaine ! ajouta-t-elle.

— Et… ? demanda Daryl.

Phoebe se redressa sur sa chaise tandis que la lumière se faisait dans son esprit.

— Et si le kidnappeur veut capturer encore plus de sorcières…, commença-t-elle.

— Et s'il a pour dix sous de cervelle…, continua Piper.

— Alors il sera forcément là-bas ! conclut Paige en croisant triomphalement les bras.

Elle observa ses sœurs échanger un regard et elle sut qu'elle avait gagné. Ha ! Pour une fois que la petite sœur avait trouvé un superplan !

— Pourquoi se donner la peine de parcourir tout le pays pour trouver des sorcières quand il suffit d'aller à Las Vegas pour se servir à la louche ?

Phoebe pencha la tête sur le côté en se mordant les lèvres, impressionnée.

— Cette gamine est très douée !

— Normal ! C'est parce qu'elle a de bons professeurs, ajouta Piper de but en blanc.

— Je ne suis pas sûr d'avoir compris, intervint Daryl. Vous n'allez pas me dire que vous avez envie de vous rendre à ce truc !

— Ce n'est pas qu'on en ait vraiment envie, précisa Piper en rejetant ses cheveux en arrière d'un air crispé.

— Une minute, une minute… déclara Daryl en posant autoritairement les deux mains sur la table. Que les choses soient bien claires. Je suis d'accord avec vous. Je pense que le kidnappeur serait un imbécile de ne pas chercher ses prochaines victimes à cette espèce de Convention ou je ne sais quoi. Mais c'est exactement pour cette même raison que vous devriez vous en tenir aussi éloignées que possible.

Paige laissa échapper un long soupir dépité.

— Mais enfin, Daryl !

— Je suis sérieux, Paige. Pourquoi aller vous jeter dans la gueule du loup ?

— Que veux-tu que nous fassions d'autre ? demanda Phoebe. Rester plantées sur nos chaises à attendre que ce type vienne nous cueillir ? Ce n'est pas ce que j'appelle un plan.

Paige adressa un sourire complice à sa sœur. C'était exactement son avis. Les Charmed n'avaient pas l'habitude de jouer aux appâts. Il y avait quelqu'un de particulièrement malfaisant en train de sévir et elles avaient une excellente occasion de le trouver avant qu'il ne fasse plus de dégâts. Il leur était impossible de l'ignorer et elles devaient passer à l'offensive et non se tenir sur la défensive.

— Paige et Phoebe ont raison, dit Piper en pliant soigneusement la feuille froissée et très abîmée. Je propose qu'on prenne la situation à bras-le-corps et qu'on en finisse au plus vite, ajouta-t-elle en rendant la feuille à Paige. Paige, tu t'occupes des réservations et moi je vais passer quelques coups de fil pour voir qui peut me remplacer quelques jours au *P3*.

— Quant à moi, je vais devoir affronter mon patron, ajouta Phoebe en se levant à son tour.

Daryl laissa échapper un profond soupir, baissa la tête, mais ne pipa mot. Le pauvre homme savait quand il avait perdu la bataille et n'avait plus aucune chance d'imposer ses vues. À l'instant où Paige comprit qu'il s'était résigné à l'inévitable, elle leva le poing au ciel dans un geste de triomphe. *Convention des Sorcières, nous voilà !*

Piper se tenait devant son armoire et fixait sa penderie, paralysée. Sur le lit, derrière elle, sa valise était pratiquement vide, mis à part quelques sous-vêtements. Non seulement devait-elle faire ses bagages pour un voyage auquel elle n'avait aucune envie de participer, mais en plus il s'agissait de trouver des tenues adéquates pour séjourner à Las Vegas en plein mois de juin.

— Je n'ai pas assez de débardeurs, conclut-elle.

Elle se rendit dans son dressing et alluma la lumière. Au hasard, elle décrocha plusieurs chemisiers. De toute façon, elle n'avait pas l'intention d'impressionner qui que ce soit, durant ce voyage. Les gens se contre-ficheraient de ce qu'elle portait.

Quand elle se retourna, Léo se tenait au milieu de leur chambre. Instinctivement, Piper laissa tomber ses chemisiers et ses mains se tendirent automatiquement à la vue d'un visiteur-surprise. Heureusement, elle put se retenir d'utiliser son pouvoir juste à temps.

Léo s'était tout de même jeté au sol.

— Ne refais jamais ça ! dit Piper, extrêmement tendue. J'ai failli t'exploser en mille petits débris de Léo.

— Excuse-moi, répondit-il en se levant. J'essaierai de me téléporter un peu plus bruyamment la prochaine fois.

— Tu es trop gentil !

Elle se baissa pour ramasser ses affaires dispersées sur le sol et les jeta en vrac dans la valise. Elle ne pouvait se souvenir de la dernière fois où elle avait été aussi peu motivée pour préparer ses bagages. Rien que la vue de cette valise la déprimait.

— J'ai comme l'impression que tu fais tes bagages, observa Léo en voyant le fouillis de vêtements emmêlés étalés sur leur lit.

— Oui. Nous allons à Las Vegas, répondit-elle sans même chercher à cacher son mécontentement en ouvrant le tiroir des chaussettes. Il doit y faire au moins un million de degrés !

— Tu exagères peut-être un peu. Je dirais plutôt neuf cent mille !

Piper eut un sourire découragé et choisit quelques chaussettes qu'elle alla jeter dans la valise. Tandis qu'elle se dirigeait de nouveau vers le dressing, Léo l'attrapa par-derrière et la serra dans ses bras.

— O.K. Arrête de bouger, tu me donnes le tournis, murmura-t-il en posant le menton sur son épaule. Et si tu me disais ce qui se passe.

En sentant les bras de Léo, elle se détendit un peu et se tourna vers lui.

— Paige a entendu parler de cette Convention de Sorcières à Las Vegas pour le solstice d'été et nous pensons que si ce kidnappeur cherche encore des sorciers, il y sera aussi, expliqua-t-elle en retirant un fil sur sa chemise.

— Vous allez donc le retrouver et résoudre le problème, dit Léo en fronçant les sourcils d'un air préoccupé. C'est un bon plan. Cela ne me plaît pas de savoir que cela vous projettera en première ligne du front, mais c'est un bon plan.

— Je sais, dit Piper en s'éloignant de lui pour s'asseoir sur le bord de leur matelas. Je n'ai simplement aucune envie d'aller à ce truc. Mais c'est inévitable. Et qu'ont dit les Sages ?

Il vint s'asseoir à côté d'elle et lui prit la main.

— Pas grand-chose, malheureusement. Ils sont inquiets, de toute évidence, mais selon eux, aucun démon très puissant ne s'est échappé du monde inférieur, récemment…

— Mais c'est forcément un démon, ou alors un warlock. Nous avons découvert que les sorciers kidnappés sont pour la plupart très puissants. Phoebe pense que quelqu'un est en train d'assembler un supervoltage magique !

— Un magicien est donc envisageable… Je leur suggérerai cela quand je retournerai les voir.

— Pas tout de suite, dit Piper en lui prenant la main. Tu ne vas pas y retourner immédiatement, n'est-ce pas ?

Léo sourit en la serrant contre lui.

— Non, je crois que je vais rester ici avec toi, répondit-il en plantant un baiser sur son front. Pour t'aider à préparer ta valise pour un voyage que tu n'as pas envie de faire.

— Tu es un amour.

Elle se leva et retourna à son armoire. Là, elle resta

plantée devant l'étagère où elle rangeait ses maillots de bain. Si seulement elle pouvait être en train de faire ses valises pour partir dans les îles avec Léo au lieu de cette mission dingue à Las Vegas ! Mais son destin de Charmed passait avant tout. Elle secoua la tête pour effacer ce doux rêve et ramassa une brassée de jeans. Quand elle se retourna, Phoebe et Cole se tenaient au milieu de la chambre.

— Ça commence à bien faire ! Je vais tous vous mettre un collier avec des clochettes, rouspéta-t-elle en jetant ses vêtements sur le lit.

— Désolée, s'excusa Phoebe avec un sourire. Nous pensions simplement que nous devrions emporter quelques cristaux de protection, au cas où…

— Ça ne me plaît pas du tout, de vous voir partir là-bas, toutes les trois, sans quelques protections de base, ajouta fermement Cole.

Piper lança un coup d'œil vers son futur beau-frère et pensa, une fois de plus, qu'il n'était pas un excellent avocat par hasard. Quand un type de sa taille, de sa prestance et de cet air autoritaire disait quelque chose, on avait tendance à le croire. Il portait un pantalon anthracite et une chemise bleu marine dont il avait remonté les manches. Ses cheveux presque noirs étaient encore soigneusement coiffés en arrière pour faire face à cette journée d'entretiens d'embauche. À son expression préoccupée, Piper comprit que Phoebe avait dû le mettre au courant des derniers événements de la journée.

— Je ne sais pas si ça vaut la peine de s'inquiéter. Ce n'est pas comme si on ne pouvait pas se débrouiller contre un démon ou un warlock. Ce qui devrait vraiment nous préoccuper, ce sont ces pseudo-sorcières qui seront là-bas, à ce sabbat.

Piper eut soudain la vision d'une bande de hippies à la Missy Stark en train de danser nues autour d'un feu de bois. Ce n'était pas un spectacle appétissant et elle espérait qu'il n'en serait pas ainsi. Il était hors de question qu'elle retire ses vêtements, surtout si un warlock pouvait frapper à tout moment. Voilà qui ferait jaser dans le monde inférieur…

— Ils n'ont pas tort, chérie ! intervint Léo en tirant Piper de son rêve idiot. Il vaut mieux prévenir que guérir, non ?

— On peut toujours vous appeler si on a besoin de vous, répondit Piper en ajoutant un bermuda au tas qui se formait dans sa valise. Ne vous inquiétez pas.

— Je ne te comprends pas, Piper, protesta Phoebe sur un ton agacé. Seize sorcières ont disparu sans laisser de traces. Comment peux-tu te montrer si désinvolte ?

— Ce sont des Wiccas, pas des sorcières, la corrigea presque sèchement Piper. Je ne suis pas désinvolte, mais je pense qu'on se débrouillera très bien.

— Je suis ravi que tu te sentes aussi sûre de toi, Piper, mais d'après ce que me dit Phoebe, ces gens ne sont pas n'importe quels Wiccas, s'emporta Cole. S'ils ont les pouvoirs dont parlent leurs amis, ils sont à la fois sorciers et Wiccas, et ils ne pourront se protéger eux-mêmes.

— Calme-toi, Cole. Tout va très bien se passer et personne ne sera blessé, dit Piper en retournant à ses placards, comme si le sujet était clos.

Mais personne d'autre ne bougea. Elle sentit une

légère tension dans son dos et se retourna lentement pour les regarder.

— Personne ne sera blessé si vous me fichez la paix et me laissez finir mes bagages, décréta-t-elle entre ses dents.

— Parfait ! répondit Phoebe en levant les yeux au ciel, exaspérée.

Cole et elle disparurent, laissant Léo et Piper en tête-à-tête.

— Tu vas bien ? demanda-t-il, inquiet.

— Parfaitement bien. Avec toutes ces discussions à propos de vacances, je me rends simplement compte que j'en aurais vraiment besoin !

— Après tout, ce sont presque des vacances, non ? suggéra Léo, dans l'espoir de lui remonter le moral.

Piper grommela en refermant d'un geste rageur le couvercle de sa valise à moitié faite.

— Si seulement !

CHAPITRE 4

— Vous avez vu cet endroit ? C'est incroyable !
s'émerveilla Phoebe, les yeux écarquillés pendant que
Paige conduisait ses deux sœurs le long du Strip de Las
Vegas.

Le désert autour d'elles était plongé dans la nuit
noire, mais les éclairages étaient si puissants tout au
long du Strip qu'il y faisait plus clair qu'en plein jour.

— Incroyable, c'est vrai ! répondit Piper de la banquette arrière de la jolie décapotable que les sœurs
avaient louée à l'aéroport de Las Vegas.

Quand une légère brise souleva ses cheveux, Piper
enfila son gilet. Aucune d'entre elles ne s'était attendue
à ce petit vent frisquet. Apparemment, les nuits du
désert n'étaient pas aussi torrides que les journées.

— Nous avons vu plus de choses bizarres au cours
de cette journée que depuis…

Piper s'interrompit pour suivre des yeux un groupe
de filles qui déambulaient sur le trottoir en bikini lamé
argent avec de longues plumes turquoise dressées sur
leur coiffure. Perchées sur des talons de quinze centimètres, elles dominaient de deux têtes le type rond-
ouillard qui marchait entre elles en mâchouillant un

gros cigare tout en rangeant une épaisse liasse de billets dans la poche de sa veste. Deux autres filles, habillées comme Dorothée du Magicien d'Oz, les dépassèrent en mastiquant ostensiblement des chewing-gums pendant qu'une bande de garçons en chemises hawaïennes les accostaient pour tester leur baratin de dragueurs.

— Moi, je trouve que c'est plutôt cool, pas vous ? fit observer Paige en prenant une longue inspiration de cet air frais et sec assez revigorant.

La nuit était claire et la température idéale. Des grappes de touristes se déplaçaient d'un casino à l'autre en tenant des seaux en plastique qui contenaient leurs gains. Les gens ne cessaient de s'arrêter pour montrer du doigt toutes les curiosités à leurs amis : l'immense bateau pirate devant l'Île au Trésor, les énormes colonnes devant le César Palace. Chaque casino était plus fantasque que l'autre. Des centaines de fois, Paige avait eu l'occasion de voir des photos ou des documentaires sur cet endroit, mais aucun ne rendait justice à cette ville fabuleuse.

Malgré la densité incroyable de touristes, Las Vegas était d'une propreté irréprochable. Pas une saleté en vue, pas un graffiti. C'était comme si quelqu'un venait juste de passer pour nettoyer tout cet endroit à la vapeur. Sans parler de ces incroyables illuminations, certes un peu criardes, mais d'une certaine beauté pour qui aimait le spectaculaire.

— Ooooh ! Regardez ça ! s'exclama Phoebe en saisissant le bras de Paige. Un buffet de petit déjeuner à volonté ! Pour seulement un dollar quatre-vingt-dix-neuf ! Vous vous rendez compte ? Je n'ai jamais vu ça !

— Ce n'est pas possible ! dit Paige en détournant

les yeux de la route assez longtemps pour vérifier l'immense enseigne au néon rose bonbon.

En découvrant les autres offres de buffet illimité, de menus interminables à des prix dérisoires affichés le long du trottoir, Paige commençait à se sentir le ventre creux derrière son volant. Le minuscule plateau-repas qu'on leur avait servi à bord de l'avion n'était déjà plus qu'un souvenir.

— J'ai l'impression qu'il nous faudra acheter des vêtements avec une taille de plus si nous restons ici trop longtemps, déclara Piper, mi-figue, mi-raisin.

Elles éclatèrent toutes de rire et Paige s'arrêta à un feu rouge qui se trouvait au beau milieu des quatre plus grands casinos du Strip. Le MGM se dressait sur la gauche, brillant de tous ses feux comme une émeraude scintillante haute de plusieurs étages. Sur la droite, l'Excalibur. C'était celui que préférait Paige : un grand château blanc avec des tourelles multicolores et un magicien, sans doute Merlin, se penchant de l'une des plus hautes fenêtres. Elle espérait secrètement que ses sœurs et elle y prendraient des chambres, juste en souvenir de tous ces contes qu'elle aimait encore lire…

— Je dois avouer, Paige, que choisir une décapotable était une idée géniale, déclara Piper en étirant ses bras sur la banquette arrière.

Le visage tourné vers le ciel, elle laissa échapper un long soupir d'aise.

— Cela fait des semaines que je ne me suis pas sentie aussi détendue, ajouta-t-elle. Même si je sais que ce kidnappeur de sorcières est peut-être dans le coin.

Paige jeta un coup d'œil dans le rétroviseur et lui sourit.

— C'est super, Piper ! Je suis très contente que tu t'amuses enfin.

Elle dut se mordre la langue pour ne pas ajouter un « je te l'avais bien dit ! ». Au lieu de cela, elle remercia silencieusement les esprits qui avaient poussé ses sœurs à jouer le jeu. Surtout Piper.

Les dernières heures avant le départ, celle-ci s'était montrée tellement grognon que Paige en était arrivée à se demander si le projet allait aboutir. Elle s'imaginait déjà en train de passer les journées suivantes à supporter les remarques sarcastiques de Piper et, prise de désespoir, elle avait même envisagé un instant de se téléporter en Alaska pour oublier toute cette histoire.

— Hé, les filles ! Regardez ça ! s'exclama Phoebe quand Paige redémarra.

Elles passaient devant une réplique exacte du cabaret de New York, New York. Une copie du pont de Brooklyn servait de trottoir surélevé et il y avait même une mini-statue de la Liberté et un Empire State Building. Une espèce de montagne russe contournait l'immeuble et un wagonnet apparut dans un roulement de tonnerre, rempli de passagers qui riaient ou hurlaient de terreur.

— C'est génial ! Je vais venir m'installer ici. J'ignorais que cet endroit était aussi cool.

— Je me demande dans quel casino ils ont retenu nos chambres, dit Piper en sortant de sa poche la fiche de renseignements de la Convention des Sorcières. Ils parlent d'un logement quatre étoiles. Vous croyez qu'on va avoir droit à une masseuse ?

— Probablement, se réjouit Paige en jetant un coup d'œil sur les indications du plan. Nous aurons peut-être même une baignoire à bulles dans nos chambres !

Phoebe baissa le pare-soleil.

— Il n'y a rien à dire ! Ces gens savent vivre !

Elle retira un bâton de rouge à lèvres de son sac et retoucha son maquillage tandis que le cabriolet quittait le Strip pour s'engager dans une artère secondaire.

Paige jeta un deuxième coup d'œil aux indications, pour s'assurer qu'elle ne faisait pas fausse route. Tous les grands casinos se trouvaient sur le Strip, non ? Alors où la menaient ces indications ? En regardant dans son rétroviseur, elle vit que Piper avait fermé les yeux pour laisser le vent caresser son visage. Ce n'était pas plus mal. Si Piper voyait où elles se dirigeaient, elle se mettrait de nouveau dans tous ses états.

Et cela sans aucune raison, se dit Paige en prenant un autre tournant. *Il doit y avoir un grand hôtel, là-derrière, ou un autre casino juste à quelques centaines de mètres du Strip. Le papier mentionne bien « quatre étoiles ».*

— Hé ! Il fait vraiment sombre, ici ! dit Phoebe en quittant un instant des yeux le miroir du pare-soleil. Mais où est-ce que tu nous emmènes, Paige ? Où est la ville ?

— Euh… je ne sais pas, hésita Paige. Je ne fais que suivre les indications de ce papier.

— Tu es sûre ? s'inquiéta Piper qui s'était avancée entre les sièges de ses sœurs. Mais il n'y a rien du tout, ici !

Paige se mordit la lèvre inférieure, essayant de ne pas trop s'affoler. Mais Piper avait raison. Elles se trouvaient de toute évidence au-delà des limites de la ville, maintenant, et les lampadaires censés éclairer la route se faisaient de plus en plus rares. Quel genre d'hôtel quatre étoiles pouvait être ainsi perdu au beau milieu de cet endroit désert ?

Phoebe se retourna pour regarder les lumières de la ville qui s'éloignaient derrière elles.

— C'est bizarre…

— Nous devrions peut-être faire demi-tour, suggéra Piper. Reprendre ce chemin… depuis le début.

— Vous exagérez, les filles ! protesta Paige en rougissant de frustration. Je sais tout de même suivre des indications !

— En tout cas, tu as dû faire une erreur quelque part, observa Piper. Sinon, on ne se retrouverait pas là, en plein désert !

Tout en se sentant irritée, Paige était prête à admettre que ses sœurs pouvaient avoir raison. Elle s'apprêtait à faire demi-tour quand elle remarqua l'ombre de quelque chose sur le côté de la route, loin devant elle.

— Un instant ! dit-elle. Je crois voir un signal là-bas ! Oui, je pense que c'est là que nous devons prendre notre dernier tournant.

Paige arrêta la voiture devant un grand écriteau qui se dressait à l'entrée d'un chemin de terre. Il y faisait très sombre et Paige se mit en phares pour pouvoir décrypter la pancarte. À l'instant où elle vit les mots peints sur les planches défraîchies, elle sentit son estomac se nouer de déconvenue.

— « Bienvenue au Campement du Désert », lut Phoebe d'une voix hésitante, comme si elle-même n'arrivait pas à croire ce qu'elle déchiffrait. « Le seul camping quatre étoiles de Las Vegas ».

Il y avait un petit bout de papier punaisé au bas de la

pancarte en bois. Il tremblotait dans la brise du soir :
« Bienvenue à la Convention des Sorcières ! »

L'auteur du message, sans doute à court de place,
avait dû écrire les mots de plus en plus petits. Voilà qui
ne présageait pas d'une bonne organisation !

— On va devoir dormir dans un camping ? s'offusqua Piper.

Paige se retourna vers ses sœurs, ignorant de son
mieux les yeux revolver qui la foudroyaient sans pitié.
Soudain, elle fut heureuse qu'aucune d'entre elles ne
possédât le pouvoir du regard qui tue…

— Quand on y réfléchit, ce n'est pas idiot, tenta-
t-elle avec un sourire timide. Le rite Wicca consiste en
partie à être en communion avec la nature et… honnêtement, je pense que c'est quelque chose que nous ne
faisons pas assez souvent.

— Belle pirouette, Paige ! railla Phoebe. J'espère
qu'il y aura au moins des toilettes, là-bas, sinon j'ap-
pellerai Léo pour qu'il me téléporte immédiatement à
la maison.

— Tant pis pour la masseuse ! déclara Piper avec un
soupir de découragement.

Paige enclencha une vitesse et s'engagea lentement
dans le chemin sinueux qui menait au campement. Pas
un mot ne fut échangé pendant les minutes qui suivirent. Apparemment, l'enthousiasme des premiers instants de ce voyage avait officiellement pris fin.

Phoebe tirait sa valise à roulettes sur le chemin caho-
teux, juste derrière Piper, Paige et Marcia Farina, la
coordinatrice de la Convention. Chaque fois que sa
valise touchait un caillou, Phoebe devait s'arrêter,

revenir sur ses pas pour la retourner avant de pour-
suivre son chemin. Quand elles passèrent devant de
grandes tentes kaki et quelques groupes de Wiccas,
Phoebe se força à sourire poliment, mais elle ne pouvait s'empêcher de se sentir complètement décalée. Ce
qui était plutôt curieux, puisqu'elle et ses sœurs
devaient être les seules véritables sorcières des lieux.

Si au moins on l'avait prévenue que ce serait un
séjour sous les tentes. Elle aurait alors porté un pantalon large et des baskets au lieu de cette jupe longue et
ces fines sandales à talons hauts ! Sans parler d'un sac
à dos qui aurait été bien plus pratique que cette fichue
valise à roulettes !

— Je suis tellement contente que vous ayez pu
venir ! déclara Marcia en affichant un sourire presque
trop large pour être honnête.

Ses cheveux noirs, coupés court, étaient ébouriffés
par le vent du désert, mais elle ne semblait pas s'en
préoccuper. Elle sautillait gaiement en les précédant
sur le chemin, un bloc-notes à la main. Pour une femme
mûre, Marcia était plutôt du genre foldingue. Dans
d'autres conditions, Phoebe aurait admiré cette énergie
presque stimulante, mais elle sentait que cette excitation était purement nerveuse. Pour une raison encore
inconnue, Marcia devait être inquiète.

— Il y a tant de personnes qui ont annulé à la dernière
minute, cette année, que je me suis même demandé si ce
sabbat pourrait avoir lieu.

— Pourquoi ont-elles annulé ? demanda Phoebe tout
en étant sûre de déjà connaître la réponse.

Elle tira brutalement sur la poignée de sa valise en

espérant que leur tente, qui devait faire office d'hôtel de luxe pour les jours à venir, n'était plus trop loin.

— Oh… quelques enlèvements, répondit Marcia avec un geste de la main, comme si elle préférait ne pas y penser. Certains craignent que le rassemblement ne soit une occasion idéale pour le kidnappeur. Vous avez entendu parler de ces enlèvements, n'est-ce pas ?

— En effet, répondit Piper en réajustant la sangle de son sac qui lui labourait l'épaule.

— Et vous n'êtes pas inquiètes ? demanda Marcia.

Phoebe regarda ses sœurs avant de choisir ses mots avec précaution.

— Eh bien… Disons que nous sommes assez grandes pour nous défendre.

Marcia éclata de rire.

— Tant mieux ! Je suis contente que vous ne vous laissiez pas intimider. Si on a peur, les méchants ont déjà gagné la partie, pas vrai ?

— Sans doute, dit Phoebe en forçant un sourire.

— Bon, ceci est le réfectoire, annonça Marcia en désignant une immense tente basse de plafond. Les horaires des repas sont indiqués sur le programme que je vous ai remis lors de votre arrivée.

Ouf ! C'est déjà ça ! pensa Phoebe, heureuse de savoir qu'elle n'aurait pas à faire la popote sur un camping-gaz.

— Continuons, suggéra Marcia.

Elle redémarra au pas de course et Phoebe tira sur sa valise en maugréant. Un peu plus loin, Marcia désigna quelques cabines de douches et des W.-C. et, en les apercevant, Phoebe commença à se détendre un peu. Peut-être cette expérience ne serait-elle pas si pénible que ça, après tout. Ce n'était certes pas le casino grand luxe auquel elle s'était attendue, mais il y avait au moins des équipements sanitaires, même s'ils étaient quelque peu sommaires.

— Nous y voici ! Tente numéro trente-deux ! annonça Marcia en pilant devant une grande tente vert armée.

Avec son ossature en bois et les piquets solidement arrimés au sol, elle était presque pimpante et avait l'air assez résistante.

Phoebe jeta un coup d'œil à Paige et à Piper.

— Allez-y ! Entrez les premières ! proposa-t-elle.

— Je pense que c'est Paige qui devrait entrer d'abord, dit Piper avec un sourire moqueur. Après tout, c'était son idée !

— C'est exactement ce que je vais faire ! rétorqua Paige en relevant le défi.

Elle repoussa la tenture de la porte et entra d'un pas décidé. Phoebe entendit quelques bruissements et un « ouille » étouffé, mais un instant plus tard, une lumière leur parvint de l'intérieur de la tente.

Elle échangea un regard avec Piper. En tout cas, l'éclairage était O.K.

— Hé ! C'est pas mal du tout ! cria Paige, l'air positivement impressionnée.

Phoebe entra et fut surprise de voir que la tente était spacieuse et propre. Le sol était fait de terre battue et un lit de camp avec un oreiller et des draps blancs immaculés était dressé contre chacune des trois parois de la pièce. Paige avait allumé une lanterne posée sur une table au fond de la tente et deux autres lanternes éclairaient les coins opposés.

Phoebe se dirigea vers un des lits et y hissa péniblement sa valise. Il couina et se plia un peu au centre, mais c'était à prévoir. Phoebe avait fait ses bagages dans la perspective d'une vie mondaine dans un superbe casino et quelques bagarres contre des démons. Il était difficile de réduire son bagage quand on avait deux missions si différentes en tête.

— Je vous remercie encore d'être venues, dit Marcia. Si vous avez d'autres questions, vous pouvez venir me voir ou bien vous adresser à Ryan Treetop. C'est le propriétaire du camping et je partage son bureau pendant mon séjour ici. Je vous retrouverai à l'occasion de la soirée d'accueil. Ah… et n'oubliez pas de me dire si vous voulez adresser un message particulier au nom de votre convent durant la cérémonie du Renouvellement de la Foi.

Phoebe se tourna vers ses sœurs, mais elles semblaient aussi ignorantes qu'elle-même. Le visage de Paige restait, lui aussi, impassible.

— La cérémonie du Renouvellement de la Foi ? demanda Piper.

Marcia, qui était sur le point de s'éloigner, revint sur ses pas et les considéra d'un air surpris. Embarrassée, Paige ferma les yeux et Phoebe comprit, un peu tard, que tous ceux qui venaient à cette Convention étaient censés savoir ce qu'était un Renouvellement.

— Hum… Que voulez-vous exactement dire par « message particulier » ? demanda-t-elle.

— Je suis désolée, je croyais que vous connaissiez la tradition, dit Marcia d'un air agacé.

Phoebe eut l'impression humiliante d'avoir donné la mauvaise réponse en classe.

— Chaque année, durant la Convention des Sorcières, les Wiccas se rassemblent pendant la nuit du solstice d'été pour renouveler leur vœu d'obéissance à la Règle Wicca, à la Déesse et au Dieu Cornu.

Piper laissa échapper un petit gloussement et ses sœurs lui jetèrent un regard noir. Il ne fallait surtout pas que cette femme s'imagine qu'elles se moquaient d'elle.

Les Charmed devaient s'identifier au mieux à un convent Wicca et jouer le jeu à fond.

Ayant compris le message, Piper se mit à tousser, puis tourna le dos à Marcia pour fouiller dans son sac dont elle tira une petite bouteille d'eau.

— Désolée, dit-elle après avoir pris une longue gorgée. J'ai la gorge fragile et l'air sec ne me réussit pas.

Marcia n'avait l'air qu'à moitié convaincue, mais n'en dit rien. Elle se tourna vers Phoebe.

— Chaque convent propose un message personnel qui sera lu à haute voix devant tout le monde durant la cérémonie. Cela la rend plus… émouvante.

— Je vois, répondit Phoebe en souriant.

Paniquée, elle remarqua que Piper allait éclater de rire d'un instant à l'autre et saisit son poignet pour tenter de la calmer.

— Je vais écrire quelques mots dès que j'aurai une minute, ajouta-t-elle en montrant beaucoup de bonne volonté.

— Merci, dit Marcia avec un sourire.

Puis elle jeta un regard réprobateur à Piper, tourna les talons et sortit de la tente.

À l'instant où Phoebe lâchait son poignet, Piper partit dans un fou rire.

— Je crois que je me suis déjà fait mal voir par Marcia, dit-elle en se laissant tomber sur son lit de camp.

— J'ai trouvé ça assez mal élevé de ta part, la gronda Paige, les mains sur les hanches.

— Toi, tu n'as pas intérêt à m'adresser la parole ! Tu as entendu ? Le Dieu Cornu ? Dans quoi tu nous as entraînées, Paige ?

— Je me suis un peu documentée en lisant un bouquin spécialisé, avoua Paige en haussant les épaules d'un air contrit, mais je ne suis pas encore arrivée au passage qui parle du Dieu Cornu.

— Bon, ne perdons pas de vue que nous sommes venues ici dans un but bien précis, dit Phoebe. Nous ne sommes peut-être pas dans le tourbillon et les paillettes de Las Vegas, mais c'est sans doute mieux ainsi. Loin de toutes ces distractions, nous pourrons nous concentrer sur le kidnappeur, pas vrai ?

— Tu as raison, approuva Piper. Je vais faire un effort.

— Merci, Piper ! Je vois que tu deviens raisonnable, rétorqua Phoebe en ouvrant sa valise. Je propose qu'on se change vite et qu'on aille à ce pot d'accueil pour voir ce qu'on peut glaner comme information.

CHAPITRE 5

— Tout le monde est prêt ? demanda Phoebe en mettant son cardigan rose fluo sur son débardeur.

Piper noua ses cheveux en queue-de-cheval et Paige enfila rapidement ses baskets. Elle étouffa un bâillement.

— Ce vol m'a épuisée. Quelle drôle d'idée d'organiser un pot d'accueil à minuit ! rouspéta-t-elle.

— Dis donc ! Je te rappelle que c'est toi qui voulais en apprendre davantage sur les Wiccas, dit Piper en se dirigeant vers la porte. Souviens-toi que ce sont avant tout des noctambules.

— Ha, ha... très drôle !

Les trois sœurs sortirent l'une après l'autre de la tente.

— Comment allons-nous savoir où se trouve le...

La question de Phoebe s'évanouit dans sa gorge à l'instant où elles furent happées par l'air froid de la nuit. Des douzaines de personnes s'écoulaient hors des tentes et se dirigeaient vers une lumière incroyablement puissante au centre du terrain de camping. Des odeurs de fumée et d'encens s'élevaient dans le ciel étoilé et même à cette distance, Phoebe pouvait entendre le crépitement d'un énorme feu. Une odeur chaude et musquée de bois brûlé emplissait l'air.

— Laisse tomber, dit-elle. Je crois savoir !

Piper dirigea leurs pas le long du chemin qui sinuait entre les tentes. En marchant, Phoebe observait certains des autres Wiccas. Ils semblaient tous rester regroupés en convents. C'était assez facile de deviner qui était avec qui.

Devant elles, se tenait un groupe de femmes qui portaient des robes blanches aussi fines que de la gaze et avaient orné leurs cheveux de fleurs coupées. Juste derrière elles, une bande de hippies bruyants en jeans coupés au ras des mollets et qui chantaient un air ancien parlant de lune et d'étoiles.

Phoebe et ses sœurs se ressemblaient un peu, mais n'avaient pas l'habitude de voyager en uniforme. Piper portait un joli pull avec un décolleté en V et un jean, Paige avait enfilé un pantalon style baroudeur en nylon argenté avec un T-shirt rouge vif et Phoebe un débardeur qui laissait apparaître le nombril sous son gilet et un corsaire fleuri.

— Nous aurions peut-être dû nous trouver une espèce de déguisement commun, dit Phoebe du coin des lèvres.

— Oui, par exemple un T-shirt imprimé disant « Les Charmed » en grandes lettres fluo ! répondit Piper dans un éclat de rire.

À l'instant où Phoebe et ses sœurs arrivaient au feu de bois, un important groupe de jeunes femmes, toutes vêtues de noir, débula sur la droite et leur coupa la route. Elles arboraient sur le visage un même air irrité.

— Ils ne nous ont même pas donné un endroit pour

accrocher nos vêtements, marmonna une fille aux cheveux rouges.

Exaspérée, Paige leva les yeux au ciel, mais Phoebe regarda ailleurs afin que sa sœur ne puisse pas lire ses pensées : *Pourquoi n'y avait-il pas de crochets ou de cintres ?*

Une fois passées les maniaques du vêtement de deuil, Piper se dirigea entre les deux dernières tentes et attendit Paige et Phoebe qui la rejoignirent. Le spectacle était époustouflant ! Le bûcher était encore plus grand qu'elle ne l'avait cru. Des troncs d'arbres coupés avaient été rassemblés en pyramide et les flammes s'élevaient très haut dans l'air. On aurait dit un volcan en éruption, tant la chaleur qui s'en dégageait était intense.

— Regarde-moi tous ces gens, dit Paige en observant les différents groupes rassemblés autour du feu, en train de bavarder et de rire. Je croyais que Marcia avait dit que beaucoup de convents avaient annulé.

— Oui… c'est sans doute parce que c'est extrêmement branché d'être Wicca, en ce moment. Je suppose que tout le monde commence à s'y mettre, railla Piper.

— Allons, Piper, ne sois pas médisante ! intervint Phoebe en remarquant que ses paroles avaient fait rougir Paige.

Piper força un sourire.

— Désolée, fit-elle. Et si nous partions chacune de notre côté ? Ainsi nous pourrions ratisser plus large.

Cela tombait bien ! Phoebe n'avait aucune envie de se retrouver au milieu d'une prise de bec entre ses sœurs !

— Excellente idée ! Moi je pars par là, répondit-elle

en pointant le doigt vers la droite. Bonne chance, les filles !

Phoebe commença à se frayer un chemin entre les spectateurs, contournant les convents, à la recherche d'un groupe auquel elle pourrait se joindre. Elle n'en revenait pas de voir à quel point les convents restaient entre eux. N'était-ce pas censé être une soirée de retrouvailles et d'accueil ? Le but de ce rassemblement n'était-il pas de se rencontrer, de faire de nouvelles connaissances, de communier et d'échanger des idées ? C'était en tout cas ce que Paige leur avait lu sur le dépliant envoyé après leur inscription !

— Ces gens ont vraiment besoin d'apprendre à se comporter en société ! maugréa-t-elle en haussant les épaules.

Un sifflement arrogant couvrit les conversations et, quand elle comprit qu'il lui était destiné, elle s'arrêta. Sans nul doute, on s'intéressait à elle. Serrant les dents, elle se força à ne pas piquer une colère. Phoebe venait de trouver l'occasion de parler à quelqu'un. Elle prit donc une longue inspiration, se retourna lentement et se retrouva en face d'un groupe assez important de beaux gosses, tous habillés comme s'ils sortaient d'un bar branché de New York : chemises impeccablement repassées, pantalons gris à pinces et chaussures cirées avec soin.

L'un d'entre eux, du type grand dieu grec, se détacha du groupe et la toisa avec un regard appréciateur.

Phoebe leva les yeux au ciel d'un air agacé.

— C'est moi que vous venez de siffler ? demanda-t-elle.

— Oui, vous. Et seulement vous, ma jolie !

Répugnant ! pensa Phoebe.

— Et c'est efficace, votre truc ? demanda-t-elle.

— Vous vous êtes arrêtée, non ? répondit le type d'un air suffisant.

— Exact. Mais c'était uniquement pour savoir quelle était la taille de votre cervelle ! rétorqua-t-elle en battant outrageusement des cils pour faire bonne mesure.

Ses compagnons se mirent à rire et à siffler. Le type resta un instant sans voix, puis se reprit.

— Comment vous appelez-vous ? demanda-t-il.

Elle fit quelques pas vers le groupe.

— Phoebe. Et vous ? Vous êtes…

— Craig. Je suis le grand prêtre de ce convent.

— Ah, voilà qui explique tout.

— Qui explique quoi ? insista-t-il.

— Votre problème d'ego ! répondit-elle avec un rire sarcastique.

Craig pencha la tête sur le côté.

— Touché, Phoebe ! Et si vous veniez vous joindre à nous ? offrit-il.

Phoebe se tourna vers les autres garçons qui la dévoraient tous des yeux et faillit prendre ses jambes à son cou. Bavarder avec ces gens risquait d'être l'expérience la plus ennuyeuse qu'elle ait jamais vécue ! Mais elle était venue pour glaner des renseignements et, au lieu de fuir, elle décida d'attaquer bille en tête pour se débarrasser d'eux avant qu'ils ne se mettent tous à lui faire la cour.

— Alors ? Avez-vous entendu parler de ces enlèvements ? commença-t-elle. C'est terrifiant, non ?

— Assez, mais nous ne sommes pas inquiets, répondit un grand Noir en retroussant les manches de son col roulé. Qu'il essaie seulement de s'en prendre à nous !

— Oui. Comme vous avez pu le remarquer, on est plutôt nombreux, renchérit un beau brun aux cheveux longs.

Ses yeux bleus transperçaient presque Phoebe pendant qu'il lui parlait.

— Et nous sommes diablement puissants, ajouta un autre. Nous avons dédié nos vies au Dieu Cornu. Il nous donnera sa force.

— Euh… très bien, répondit Phoebe.

Que pouvait-elle dire de plus ? Comment leur expliquer que, s'il s'agissait d'un warlock ou d'un démon, ce n'était pas en rendant hommage à leur Dieu Cornu qu'ils allaient sauver leur peau.

— Oublions ce kidnappeur, dit Craig en s'approchant d'elle, un peu trop d'ailleurs, à son goût, car elle pouvait sentir son haleine qui puait l'alcool. Parlons plutôt de ce qui est vraiment important. D'un endroit où nous pourrions être tranquilles, tous les deux, par exemple.

Phoebe imagina brièvement l'expression terrorisée sur son visage suffisant si elle l'empoignait pour l'envoyer valser par-dessus le feu. Mais elle se ressaisit et se contenta de lui montrer sa main gauche en faisant miroiter la bague de fiançailles sous son nez.

— Désolé, Craig, mais je suis déjà prise !

Il s'approcha encore plus près, pensant l'impressionner ou la séduire par sa taille.

— Et alors ? Tout le monde sait que ce genre de rassemblement facilite la promiscuité et les aventures.

— Bon, je sens que je ne vais pas m'attarder, dit

Phoebe en reculant d'un pas. J'espère ne pas vous revoir plus tard.

Elle tourna les talons et accéléra le pas, ressentant soudain le besoin urgent de prendre une douche bien chaude pour se débarrasser du souvenir même de ce sale type. Cette petite rencontre avait été sans intérêt et lui avait même donné la chair de poule, non pas de peur mais de dégoût. Pourvu que tous les hommes de cette assemblée ne soient pas des obsédés comme ce Craig, sinon les pauvres sorcières allaient passer des moments plutôt pénibles !

— Phoebe ! Phoebe ! Attendez une seconde !

Quelqu'un courait derrière elle, mais elle ne ralentit pas. C'était sans doute Craig et elle se sentait incapable de maîtriser sa colère et sa force s'il la harcelait de nouveau. Elle serra le poing gauche, celui qui portait sa bague de fiançailles, souhaitant que Cole puisse être là, auprès d'elle.

Que ce Craig aille au diable !

— Phoebe !

Celui qui la suivait se planta devant elle, la forçant à s'arrêter. Mais quand elle leva les yeux, ce n'était pas Craig qui lui barrait le passage, mais un beau jeune homme avec des cheveux noirs, coupés court, et des yeux bleus à l'expression douce. D'après sa tenue soignée, il devait appartenir au convent des types qu'elle venait de rencontrer, mais elle avait l'intime conviction que celui-ci était d'une autre trempe que Craig.

— Écoutez, je suis vraiment désolé pour l'attitude de ce gars, dit-il, un peu essoufflé. Je voulais simplement vous dire que nous ne sommes pas tous comme ça.

— Ne vous en faites pas, répondit-elle. Sachez que

je ne suis pas partie parce que j'étais intimidée, mais pour éviter de me mesurer à cette espèce d'arrogant personnage.

Il éclata de rire.

— Je comprends. Il m'arrive parfois de devoir en faire autant. J'aurais presque préféré que vous lui donniez une bonne leçon. Je m'appelle Christian, ajouta-t-il en tendant la main en souriant. Craig et moi partageons les charges de grands prêtres. Nous formons une espèce de Janus, à la fois le bon et le mauvais Wicca.

Phoebe sourit et prit sa main.

— Ravie de faire votre connaissance, Christian. Merci d'être venu arrondir les angles.

— Tout le plaisir était pour moi. On se reverra sûrement, ajouta-t-il avant de retourner vers le groupe.

Phoebe le suivit des yeux et les rouages de son esprit se mirent aussitôt en action. Si Christian et Craig étaient les grands prêtres de leur convent, ils étaient les proies idéales du kidnappeur. Surtout si leur convent était aussi puissant que l'avait vanté le type aux yeux perçants.

— Christian ! appela-t-elle.

Il se retourna, l'œil interrogateur. Elle fit quelques pas vers lui, hésitant sur la manière de formuler sa phrase.

— Écoutez… vous devriez être prudents, dit-elle finalement à voix basse. On dirait que ce ravisseur enlève le membre le plus puissant de chaque convent ; Craig et vous risquez donc d'être en tête de sa liste.

Christian croisa les bras, l'air sombre.

— Vraiment ? Le membre le plus puissant ? C'est intéressant.

— Si on veut. Je voulais seulement que vous soyez au courant, dit-elle en s'éloignant avant qu'il ne puisse poser une question.

Impossible de lui expliquer d'où elle tenait cette information. Elle n'avait aucune envie de lui parler de sa collaboration avec la police dans cette affaire et que la rumeur fasse ensuite le tour du campement. Paige, Piper et elle devaient garder profil bas.

— Merci pour le tuyau, Phoebe ! lança Christian, derrière elle.

Sans regarder en arrière, elle fit un petit salut de la main et se laissa engloutir par la foule.

— T'es plutôt cool, dit Jasmine Black en passant à Paige la flasque d'alcool qui faisait le tour des filles de son convent. Je suis contente que tu sois venue ici.

— Euh… moi aussi, répondit Paige en tendant la flasque à la fille aux cheveux rouge vif, assise à côté d'elle.

Elle n'avait pas l'intention de boire et de perdre le contrôle de ses pensées ou de ses actes. Pas aussi long-temps que ce cinglé de kidnappeur serait dans les parages, en tout cas.

— Tu n'es pas comme tous ces autres ringards qui sont là, ajouta la fille à la tignasse rouge avant de prendre une longue rasade.

Le reste du convent éclata de rire et Paige ne put s'empêcher de sourire. Jasmine et ses amies avaient au moins le mérite de la distraire.

Quand elle avait commencé à faire le tour du campe-ment, Paige s'était sentie mal à l'aise, décalée. Elle était passée devant un groupe de gens bizarres pris dans une espèce de rite étrange, puis une autre bande d'illuminés moyenâgeux qui dansaient comme des sauvages autour d'un joueur de luth. C'était comme si les pires cauchemars de Piper se réalisaient et Paige se demandait si sa sœur n'avait pas eu raison depuis le début.

Peut-être n'allait-elle jamais rien apprendre de ces illuminés. Puis elle entendit les rires presque hystériques émanant du groupe des filles de Goth et elle se sentit redevenir elle-même. Comme elles lui rappelaient ses amies du lycée : excitées, provocantes et bruyantes !

— Alors, où est ton convent ? demanda Jasmine en repoussant les longues boucles noires de son visage.

Elle portait un piercing sur le nez. La pierre rouge contrastait avec la blancheur de son teint, comme une goutte de sang tombée sur la neige. Paige n'aurait su dire si c'était la couleur naturelle de sa peau ou si elle s'était enduit le visage d'un fond de teint très blanc pour simuler cet effet cadavérique. Dans cette étrange lumière où les flammes faisaient danser des ombres inquiétantes, il était impossible de se concentrer sur quoi que ce soit.

— Oh, nous avons décidé de nous séparer pour faire la connaissance d'autres gens, répondit Paige d'un air détaché.

— Eh bien, tu es bien tombée ! Je ne vois d'ailleurs pas pourquoi tu aurais envie de rencontrer tous ces autres frimeurs, lança Jasmine avec dédain. Cet endroit grouille d'imposteurs. Ce rassemblement n'est pas du tout ce que j'imaginais. Personne, ici, ne détient de véritable pouvoir !

Paige se pinça les lèvres, se demandant comment

réagirait sa voisine si elle se téléportait devant ses yeux, ou si Piper explosait quelque chose ou Phoebe faisait une démonstration de son coup du ninja… Les Charmed pourraient montrer à ces filles de véritables pouvoirs. Bien sûr, il était difficile de savoir ce que ces filles de Goth avaient dans le ventre… Quelles étaient leurs spécialités…

— Et vous, les filles… vous avez… je veux dire…

— Des pouvoirs ? termina Jasmine. Et comment ! Nous avons presque peur de montrer à ces paumés de quoi nous sommes vraiment capables.

— On risquerait de faire fuir ces pauvres tocards, renchérit Cheveux Rouges en donnant un coup de coude dans les côtes de Paige avant d'éclater d'un rire tonitruant, aussitôt suivie par les autres filles.

— Sérieusement, intervint la fille assise à gauche de Jasmine, qui portait le nom de Sarah et les cheveux les plus longs que Paige ait jamais vus. Je parie que la plupart de ces gens ne savent même pas tracer un cercle magique et des runes.

— Ou la couleur de bougie qu'il faut utiliser lors d'une cérémonie de purification.

— Ou encore où on peut se procurer de bons gaillets accrocheurs, ajouta Cheveux Rouges en ricanant. Ils ne savent probablement même pas ce qu'est un gaillet accrocheur.

Les autres filles éclatèrent d'un rire méprisant et Paige se contenta de sourire. Pour qui se prenaient-elles ? Comment réagiraient-elles devant une petite démonstration de télékinésie ?

Un cri s'éleva du groupe derrière elles. Jasmine et Paige se retournèrent en même temps pour découvrir la bande de hippies qui s'esclaffait en écoutant les paroles de l'un d'entre eux, aussi barbu qu'un guitariste des ZZ Top. Assise à même le sol, une femme jouait de la guitare pour quelques fans au regard hagard. Puis le barbu se mit à danser comme un vieil ours.

— Pouah ! Regarde-les ! grimaça Jasmine. Ils sont pathétiques !

Paige lui jeta un regard surpris, comprenant mal que cette fille fasse de tels commentaires alors qu'elle-même et ses amies étaient de parfaites caricatures, avec leurs tenues noires, leurs piercings et leurs tatouages en forme de pentagramme. On aurait dit qu'elles venaient de faire les soldes dans un magasin de déguisements après Halloween.

— Avez-vous entendu parler de ces enlèvements ? demanda Paige en observant les visages autour d'elle.

— Oui, encore un psychopathe ! répondit Jasmine en regardant rêveusement le feu de bois.

— Psychopathe, peut-être, mais intelligent. Seize enlèvements et il court toujours ! fit observer Paige.

Jasmine fronça les sourcils.

— Ça a l'air de t'inquiéter.

— Pas toi ? s'étonna Paige.

— Pas vraiment, répondit Jasmine en haussant les épaules. La seule chose qui puisse m'inquiéter, ce sont ces hippies fêlés… quelle pitié ! Comme je l'ai déjà dit, nous avons de véritables pouvoirs. Nous saurons nous défendre !

C'est justement cela qui m'inquiète, pensa Paige. Si ces filles avaient vraiment des pouvoirs, le kidnappeur s'en prendrait à elles et non aux hippies un peu frappadingues.

— Écoute, je vais aller retrouver mes… mon convent, dit Paige. Fais attention si tu vois quelque chose de bizarre, O.K. ?

— Merci du conseil, railla Jasmine. Ne t'inquiète pas pour nous. Ce n'est sûrement qu'un fétichiste avec un grain ! Les flics s'en occuperont.

— Oui… quand ce sera trop tard, répondit Paige en s'éloignant.

Pour avancer, elle dut enjamber un hippie allongé par terre. Il ne bougea pas. Soit il était complètement soûl, soit il dormait profondément. Si seulement Jasmine avait raison. Ce serait tellement plus simple s'il s'agissait d'un kidnappeur en série banalement humain.

Malheureusement, elle avait le sentiment d'avoir affaire à tout autre chose.

— Tu as une aura superbe !

Piper s'arrêta pile en voyant une femme aux longs cheveux gris qui se précipitait vers elle, les yeux d'un bleu délavé, étrangement écarquillés pendant qu'elle regardait avec insistance autour de la tête de Piper. Elle portait une robe en gaze rose et blanc et une couronne de fleurs sur la tête. Elle courait si vite que Piper se demanda un instant si elle devait la figer pour l'empêcher de se jeter sur elle. Mais la femme freina à temps, s'immobilisant à quelques centimètres de Piper.

La vieille tendit la main et fit mine de caresser l'air autour du visage de Piper.

— Des couleurs tellement douces…

— Super ! Merci beaucoup, répondit Piper en essayant de dépasser la folle.

Complètement givrée ! pensa-t-elle.

— Oh, mais il y a aussi de la colère ! ajouta la vieille d'un ton soudain plus sérieux. Vous avez quelques spirales noires, aussi, ajouta-t-elle en agrippant le bras de Piper. Cela veut dire qu'il y a de la vilaine colère.

— Oui, oui, c'est ça, répondit Piper.

Comme s'il était difficile de voir qu'elle était en colère… Cette femme comprenait-elle seulement que cette colère était dirigée sur elle ?

— Vous devriez vraiment faire quelque chose pour nettoyer tout ça, insista la femme. Nous avons quelques plantes, dans notre tente, qui pourraient vous être utiles.

— Non, merci. Je crois que quelques spirales noires sont un signe de bonne santé mentale.

Interloquée, la femme resta un instant à réfléchir et Piper en profita pour s'éclipser. Elle traversa la foule, se dirigea vers l'extérieur de cet agglomérat de gens plus ou moins en effervescence. Cela faisait plus d'une demi-heure qu'elle était passée d'un groupe à l'autre sans avancer dans sa quête. Elle commençait même à penser qu'il n'y avait, dans cette assemblée, pas une seule personne saine d'esprit ou digne d'intérêt.

Elle contourna la foule, espérant tout de même rencontrer quelqu'un avec qui elle puisse échanger quelques paroles sensées. Une rangée d'excités passa devant elle, esquissant une sorte de danse conga spirituelle. Trop bousculée à son goût, Piper s'écarta pour les laisser passer. Mieux valait-il sans doute abandonner pour ce soir et retourner à la tente. D'ailleurs, elle avait l'impression d'attraper une espèce de coup de soleil à cause de la chaleur du feu de camp géant.

Elle fit demi-tour et reprit le chemin qui menait à la tente 32, rêvant déjà d'une crème hydratante et d'une longue nuit de sommeil. Mais à l'instant où elle allait disparaître, elle remarqua deux jeunes femmes aux cheveux blonds coupés court, plongées dans une discussion animée. Elles portaient toutes deux des bottes, un jean et un sweat-shirt en coton. Peut-être n'était-elle pas si isolée, après tout ! Peut-être y avait-il quelques personnes normales dans cette assemblée !

Piper avança vers les filles, mais marqua une pause en entendant l'une des filles renifler. Elle ne voulait pas s'immiscer dans une conversation privée, surtout si l'une des filles allait mal. Il serait peut-être plus avisé d'attendre le lendemain. Elle jeta un dernier coup d'œil vers elles en prenant la direction de la tente. La plus grande des deux leva les yeux et rencontra ceux de Piper qui lui sourit. Quand la jeune femme lui rendit son sourire, Piper n'hésita plus à s'approcher d'elles.

— Bonjour, dit-elle avec un petit signe de la main. Tout va bien ?

— Oui, répondit la fille en croisant les bras.

L'autre regardait le bout de ses chaussures.

— Cela ne m'a pas l'air très convaincant. Je m'appelle Piper Halliwell, dit Piper en tendant la main.

La grande la prit et sourit. Elle avait des cheveux légèrement plus raides et plus longs que l'autre, mais toutes deux avaient les mêmes yeux très clairs.

— Je suis Tessa Conners et voici ma sœur Taryn.

Taryn serra à son tour la main de Piper, mais celle-ci trouva sa poignée plus froide et plus faible. Ses cheveux hirsutes avaient l'air de ne pas avoir été lavés ou coiffés depuis longtemps. Quand Piper plongea ses yeux dans ceux de Taryn, elle en fut bouleversée. Ils étaient emplis d'un profond chagrin.

Elle en eut la chair de poule.

— Qu'est-ce qui ne va pas ?

— Nous ferions mieux de vous le dire, dit Tessa en consultant sa sœur du regard pour avoir son accord.

Taryn acquiesça d'un léger signe de la tête.

— Vous avez entendu parler des enlèvements ? continua Tessa. Eh bien, notre jeune sœur Tina était l'une des victimes.

— Oh, mon Dieu ! souffla Piper, ébranlée. Je suis tellement désolée.

— Ce n'est rien… Enfin, ce n'est pas ce que je veux dire, mais… c'est juste le genre de situation où les mots n'ont plus beaucoup de signification, répondit Tessa en passant un bras protecteur autour de l'épaule de sa sœur.

— Je comprends. Si nous allions nous asseoir un instant, suggéra Piper en désignant un gros tronc posé à côté d'une tente.

Taryn et Tessa la suivirent vers le banc de fortune. Taryn avait l'air très frêle, fragile même, et Piper se demanda à quand remontait le dernier repas de la gamine. Mais elle ne pouvait la blâmer car si Paige ou Phoebe venaient à disparaître, elle non plus ne pourrait rien avaler.

— Alors… depuis combien de temps a-t-elle disparu ? s'enquit Piper. Enfin, si cela ne vous ennuie pas d'en parler…

— Cela fait bientôt trois semaines, répondit Tessa en tenant la main de Taryn dans la sienne. Nous sommes seulement venues à cette Convention parce que Tina voulait vraiment y participer. Je suppose que nous ne nous rendions pas compte combien cela serait pénible, ajouta-t-elle en regardant les gens s'agiter autour d'elles.

— A-t-elle été enlevée en pleine nuit, comme les autres ?

— Les kidnappeurs n'ont laissé aucun indice. La police n'a rien pu faire.

— C'est ce que j'ai entendu dire, répondit Piper, mal à l'aise.

Elle savait ce que ces filles devaient ressentir, sachant que leur sœur se trouvait quelque part, sans aide… ou même pis : qu'elle pouvait être déjà morte.

— Elle aurait adoré être ici, commenta Taryn en regardant Tessa.

— C'est Tina qui nous a entraînées dans la règle Wicca, expliqua Tessa. Elle était bien plus impliquée que nous et désirait que nous nous engagions davantage.

— Elle aurait vraiment voulu que nous soyons là, ajouta Taryn. De toute façon, nous serions devenues folles en restant à la maison pour attendre des nouvelles.

Le cœur brisé par la détresse des sœurs, Piper ne put qu'acquiescer. Une fois de plus, il semblait que le kidnappeur avait choisi le membre le plus puissant d'un convent, mais cette fois il avait également brisé une famille.

En levant les yeux, elle aperçut Paige en train de bavarder avec l'une des femmes habillées en blanc. À cet instant, elle décida de cesser de taquiner sa sœur d'avoir tant voulu venir ici. Paige était sa sœur et elle l'aimait. Il ne fallait surtout pas qu'elle s'imagine le contraire. Piper décida également qu'elle ferait son possible pour aider Tessa et Taryn à découvrir ce qui était arrivé à leur jeune sœur.

— Nous allons la retrouver, annonça-t-elle doucement. Même si c'est la dernière chose que nous ferons.

CHAPITRE 6

Le lendemain matin, Piper se traînait péniblement sur le chemin menant au réfectoire, poussée par une envie pressante de café. Quand elle s'était réveillée, une demi-heure plus tôt, les lits de camp de Paige et de Phoebe étaient déjà désertés et parfaitement faits. Elle ignorait pourquoi elles ne l'avaient pas réveillée, mais maintenant elle était en retard, de mauvaise humeur et en manque d'une double dose de caféine. Malheureusement, même à cette heure matinale, il faisait déjà une chaleur insupportable et ses cheveux lui collaient déjà dans la nuque. Et inutile de rêver… ce n'était pas ici qu'elle allait trouver du thé glacé !

Elle ouvrit brusquement la lourde porte du réfectoire et fut accueillie par le souffle délicieusement frais de l'air conditionné. La grande salle était organisée en longues tables du style famille nombreuse et toutes étaient déjà occupées. Le niveau de décibels devait atteindre celui des concerts de rock. Résignée, elle consulta son programme qui indiquait un numéro de table différent pour chaque repas.

— Hep ! À quelle table êtes-vous, ma petite dame ?

Piper sursauta au son d'une voix grave provenant de

sa gauche. Un grand type aux cheveux noirs et au sourire parfait la dominait d'une tête et tentait de lire par-
dessus son épaule. Il portait une chemise à carreaux, un
jean et des bottes de cow-boy.

— Euh… qui êtes-vous ? demanda Piper.

À cette heure de la journée, il n'était pas question
qu'elle se montre déjà polie ou aimable.

— Oh, désolé, répondit-il en lui tendant une main de
taille assez impressionnante. Je suis Ryan Treetop, le
propriétaire de cet établissement.

— Ravie de faire votre connaissance. Je suis Piper
Halliwell, répondit Piper en s'éloignant légèrement de
lui.

Pour elle, l'énergie de ce type était un peu trop difficile à supporter avant l'absorption d'un premier café.

— Je suis à la table 3, ajouta-t-elle après avoir enfin
décrypté sa feuille.

— Parfait. Ce sera à l'avant de la salle, sur la
gauche. Je vous souhaite un bon appétit.

— Merci, dit Piper en s'éloignant au plus vite.

Elle descendit l'allée centrale, entre les tables, et
arriva à celle qui portait le numéro 3 et où étaient déjà
installés quatre types bizarres, portant des chemises
brillantes bleues et des lunettes de soleil assorties.

— Salutations, honorable Wicca, dit l'un des types
d'une voix monocorde, le visage parfaitement impassible.

— Salut ! dit Piper sans trop se poser de questions.
Vous n'auriez pas aperçu deux filles brunes qui me ressemblent un peu ?

— Elles sont au buffet, répondit un autre type, d'une

voix tout aussi atone. Elles se sont installées un peu plus tôt à l'autre extrémité de la table.

— Merci.

Elle passa rapidement devant eux, fascinée par les assiettes chargées de salades de fruits et de pains en tout genre, sans parler des carrés de beurre, des pots de confiture et des œufs brouillés. Mais le café ? Où était le café ?

Piper se laissa tomber devant une assiette vide au bout de la table. En face d'elle, deux autres assiettes remplies de muffins et de salade de fruits. Entre elles, un grand livre sur les Wiccas. Piper s'efforça de ne pas grommeler. Il ne fallait surtout pas qu'elle entame sa résolution de se montrer gentille avec Paige… Mais elle avait besoin de son café au plus vite, sinon son côté grincheux allait reprendre le dessus.

Finalement, elle vit Paige et Phoebe approcher et faillit hurler de joie. Paige portait trois tasses fumantes. Que deviendrait-elle sans ses sœurs ?

— Bonjour, ma toute douce ! dit Paige en posant l'une des tasses devant Piper. Je pensais que tu aurais besoin d'un remontant.

— Merci, merci, merci mille fois ! dit Piper en inhalant l'odeur réconfortante du liquide noir. Au fait, pourquoi est-ce que vous ne m'avez pas réveillée ? demanda-t-elle en jetant un morceau de sucre dans son café.

Phoebe et Paige échangèrent un regard en s'asseyant en face d'elle.

— Euh… ce n'est pas faute d'avoir essayé, dit Paige. Tu ne t'en souviens pas ?

— De quoi parles-tu ? demanda Piper en remuant la cuillère dans sa tasse. Je ne te crois pas…

— Piper ! Tu as menacé de nous désintégrer. Alors, on a préféré ne pas insister, expliqua calmement Phoebe.

Piper éclata de rire.

— Pas possible !

— Bon, je suppose que tu étais endormie, ce qui est probablement une bonne chose, observa Paige en souriant. Cela voudrait dire que c'était seulement ton subconscient qui parlait et que tu n'avais pas vraiment l'intention de nous tuer. En tout cas, je ne sais pas comment Léo fait pour gérer ça tous les matins…

Phoebe rit en engouffrant quelques grains de raisin dans sa bouche et ouvrit le livre sur les Wiccas. Piper la regarda faire, intriguée. Elle pensait que le livre appartenait à Paige. Que se passait-il ? Phoebe avait-elle aussi décidé de passer dans le monde obscur ?

— Mais qu'est-ce qui te prend, Phoebe ? demanda-t-elle.

— Oh, il faut que j'écrive ce truc pour la cérémonie de tout à l'heure et j'essaie de savoir de quoi il retourne. C'est d'ailleurs assez intéressant, ajouta-t-elle, le nez toujours plongé dans le livre.

Piper vit Paige lui jeter un regard intrigué, s'attendant à la voir se relancer dans une diatribe contre les Wiccas et leurs simagrées ridicules… Mais Piper se mordit la langue et se contenta de se servir quelques cuillerées de salade de fruits.

Dieu sait qu'elle avait horreur de garder ses opinions pour elle-même quand elle savait avoir raison. À quoi bon se donner la peine d'écrire quelque chose pour une cérémonie qui ne voulait rien dire ? Rien de tout cela ne concernait le Mal qu'elle et ses sœurs devaient combattre chaque jour en mettant leur vie en danger.

— Toujours est-il que rien de suspect n'est arrivé cette nuit, annonça Paige avec bonne humeur. Personne n'a rien signalé de bizarre, en tout cas !

C'est sans doute parce que le kidnappeur est assez intelligent pour savoir qu'une personne douée de véritables pouvoirs ne se déplacerait pas pour une réunion aussi ringarde ! pensa Piper.

Après avoir vu tous ces cinglés regroupés autour du feu de camp, après avoir entendu parler des frimeurs rencontrés par sa sœur, Piper commençait à penser que ce plan ne serait qu'un superbe fiasco !

— Piper ? Tu vas bien ? demanda Paige en mordant à belles dents dans un muffin aux myrtilles. Tu as l'air un peu tendue.

Ne le dis pas ! Ne le dis pas ! se répéta Piper. Mais elle avait du mal à empêcher sa bouche de s'ouvrir. Elle faillit d'ailleurs lâcher le morceau quand elle aperçut Taryn et Tessa approcher de leur table. *Ouf ! Sauvée par le gong !*

— Salut, Piper ! dit Tessa en affichant un sourire. Tu es également à la table 3 ?

— Salut, les filles ! répondit Piper, soulagée d'avoir trouvé un dérivatif. Je suppose que c'est là qu'ils ont installé les petits groupes. Taryn et Tessa, je vous présente mes sœurs, Phoebe et Paige.

Tout le monde se salua et les sœurs Halliwell se poussèrent afin de libérer des places pour les nouvelles venues. Piper leur trouva meilleure mine, ce matin. Taryn était encore pâle, mais avait tiré ses cheveux en arrière, et semblait plus reposée que la veille. Apparemment, elle avait également retrouvé l'appétit car elle avala une énorme salade de fruits en quelques secondes et Tessa alla leur chercher du thé.

Phoebe reposa le livre sur les Wiccas et Piper commença à se détendre.

— Nous avons été désolées d'entendre ce qui est arrivé à votre sœur, commença Phoebe. Piper nous en a parlé hier soir.

— Merci, répondit Taryn en souriant faiblement. Elle nous manque beaucoup.

— Vous n'avez rien entendu la nuit de sa disparition ? demanda Paige. Rien du tout ?

La jeune femme jeta un regard désespéré vers sa sœur qui revenait.

— Non, rien du tout. En fait, si cela ne vous ennuie pas, nous préférerions ne pas en parler.

Piper sentit comme une pierre se former au creux de son estomac et Paige lui jeta un regard coupable.

— Bien sûr. Nous comprenons, dit Piper en posant sa main sur celle de Taryn qui lui sourit vraiment, pour la première fois depuis leur rencontre.

Le cœur de Piper se mit à fondre.

— Tout va bien ? s'enquit Tessa en posant les tasses.

Avant que quiconque puisse répondre, la double porte du réfectoire fut ouverte si brutalement qu'elle rebondit contre les murs, provoquant un bruit assourdissant. Un Noir assez petit mais très musclé déboula dans la salle, les yeux fous.

— Craig a disparu ! s'exclama-t-il en direction d'une table dont les occupants ressemblaient davantage à des courtiers de Wall Street qu'à des Wiccas.

Ils devaient faire partie du convent dont leur avait parlé Phoebe la veille. La table devint silencieuse et Piper put sentir la tension et la peur gagner la salle.

Le type balaya les tables du regard, s'arrêta sur Tessa qui était la seule personne debout. Quand ses yeux tombèrent sur Phoebe, ils se durcirent inexplicablement.

— Où est-il ? lui demanda-t-il.

— Je n'en ai aucune idée, dit Phoebe en se levant. Mais on va le retrouver.

— Bon, que tout le monde reste calme ! intervint Ryan Treetop en venant se poster à côté de l'homme qui avait lancé la nouvelle. Il faut qu'on mette sur pied un plan.

À cet instant, un homme grand aux cheveux châtains se leva à la table des agents de change et se tourna vers Phoebe. Son expression était à la fois inquiète et assurée.

— Que tout le monde se disperse ! Si Craig est sur ce campement, je veux qu'on le trouve !

Les bruits de chaises repoussées et de murmures inquiets s'élevèrent dans la salle tandis que tout le monde se levait pour sortir.

Piper vit Ryan se diriger vers l'avant de la salle pour intercepter Marcia Farina avant qu'elle ne sorte. Le visage écarlate, il n'avait pas l'air content du tout quand il l'attira sur le côté pour s'entretenir avec elle. Piper avait l'impression qu'il était soucieux des conséquences que cet incident pouvait avoir sur son affaire.

— Oh, mon Dieu ! geignit Taryn, les larmes aux yeux. Ça recommence !

Piper se leva et posa la main sur l'épaule des deux sœurs éplorées.

— Restez ici, nous avons assez de monde pour les recherches. Inutile de vous imposer cette nouvelle épreuve.

Elle saisit Phoebe et Paige et les entraîna hors du réfectoire par l'une des portes arrière, où il y avait moins de monde.

Elles se plaquèrent contre le mur.

— C'est quoi, cette histoire ? demanda Piper à Phoebe. Pourquoi ce type t'a-t-il regardée ainsi ?

— Ce Craig est le type qui m'a fait du gringue hier soir devant tous ses copains, répondit Phoebe. Je ne sais pas. Peut-être pensait-il juste à ça. Mais vous savez quoi ? Ce Craig était le grand prêtre de ce convent, ajouta-t-elle, les yeux emplis de terreur. Si le kidnappeur savait ça…

— Alors Craig était une cible parfaite, continua Paige. Allons à sa tente pour voir ce qu'on peut y découvrir.

Paige ouvrit la route vers les tentes, mais le chaos qui régnait maintenant sur le campement ne facilitait pas les choses. Les membres du convent de Craig aboyaient des ordres à l'intention des autres Wiccas et chaque tente était fouillée. Le désespoir et la peur devenaient contagieux et beaucoup commençaient à paniquer. Piper ne put s'empêcher de penser aux chasses aux sorcières dont elle avait lu tant d'histoires à l'époque où elle-même et ses sœurs avaient découvert qu'elles possédaient de tels pouvoirs. Mais cette fois, des sorcières attaquaient les sorcières…

— Ça ne va pas du tout ! dit Piper en voyant l'un des acolytes de Craig jeter des vêtements et des draps hors d'une des tentes, en se comportant comme des hussards. Il faut arrêter ça !

— Là-bas ! s'écria Phoebe en montrant une tente gardée par deux hommes. Ça doit être celle-ci !

D'un pas décidé, les trois sœurs se dirigèrent vers la tente, Phoebe en tête.

— Dites, nous aimerions jeter un coup d'œil dans cette tente ! dit Phoebe au plus grand des deux.

Il portait les cheveux longs et ses yeux bleus n'étaient guère engageants. Il avait même le regard méchant.

— Sûrement pas ! Christian a dit que personne ne devait y pénétrer avant qu'on ait retrouvé Craig !

— Bon, bon, d'accord… dit Paige en tirant sur le bras de Phoebe. On va chercher Craig !

D'un signe de tête, elle invita ses sœurs à la suivre et les entraîna derrière la tente.

— On va entrer dans cette tente, qu'il le veuille ou non ! annonça-t-elle en prenant leurs mains.

Avant que Piper puisse protester, elle fut entourée dans le halo blanc de Paige et réapparut avec ses sœurs à l'intérieur de la tente.

— Paige… bredouilla-t-elle. Si quelqu'un t'avait vue…

— Ne t'en fais pas. Il n'y avait personne ! la rassura Paige en jetant un coup d'œil autour d'elle. Hé ! C'est injuste ! Pourquoi est-ce que ce Craig a droit à une tente pour lui tout seul ? murmura-t-elle, indignée.

Il n'y avait en effet qu'un seul lit de camp dans cette tente, mais il était en triste état. Un des pieds était arraché, les draps et les couvertures étaient lacérés et jetés au sol. On aurait même dit que quelqu'un s'était acharné sur l'oreiller avec une machette.

— Craig le dragueur était pour ainsi dire à la chasse, hier soir, leur rappela Phoebe. Peut-être a-t-il payé un supplément pour une tente privée, afin d'avoir un peu d'intimité et d'entraîner ces dames dans son repaire ?

— Qu'est-ce que c'est que ces trucs ? demanda Piper en s'approchant du lit.

Des traînées d'une substance visqueuse noire couvraient le matelas. Il y en avait même quelques-unes sur la paroi en toile à côté du lit. Piper toucha l'une des marques du bout du doigt qu'elle frotta contre son pouce.

— Ça a la consistance du pétrole, déclara-t-elle en faisant une grimace.

Elle renifla ses doigts et l'odeur aigre, piquante, lui retourna l'estomac.

— Pouah ! En tout cas, ça ne sent pas le pétrole ! Je n'ai aucune idée de ce que ça peut être.

Elle s'essuya les mains sur les draps et s'éloigna du lit.

— L'agresseur qui a sévi ici devait avoir de sacrées griffes, dit Phoebe. C'est bizarre, non ? Il n'y avait aucune trace ni aucun indice pour les autres enlèvements et maintenant on se retrouve avec tout ça !

— Et je ne me souviens pas qu'on ait mentionné des draps lacérés, ajouta Paige en soulevant un morceau de tissu déchiré entre deux doigts.

Soudain, elles entendirent des voix masculines à l'extérieur de la tente. Le ton montait.

— C'est Christian ! dit Phoebe en attrapant ses sœurs par le bras. On ferait mieux de sortir d'ici.

Paige les téléporta directement vers leur propre tente afin que personne ne puisse les apercevoir. À l'instant où elles posèrent le pied au sol, Piper saisit son téléphone portable et commença à composer un numéro.

— Qui appelles-tu ? demanda Paige.

— Daryl. Je lui ai promis de le tenir au courant, même pour un événement mineur. Là, je pense qu'on a de sacrées nouvelles à lui annoncer !

— Inspecteur Morris ! aboya la voix de Daryl à l'autre bout de la ligne.

— Salut, Daryl. C'est Piper. Il y a eu un enlèvement, ici ! annonça-t-elle en s'asseyant sur le lit de camp, un peu secouée. Y avait-il des espèces de marques huileuses noires chez les autres victimes ?

— Non, rien de tel, répondit Daryl. Tu veux dire que le type a finalement laissé des indices ? Peut-être devient-il négligent ou imprudent ?

— Je pense sérieusement que ce n'est pas juste un type, mais plutôt un monstre ou un démon, suggéra Piper en levant les yeux vers ses sœurs. Je vais immédiatement appeler Léo.

— C'est entendu. Rappelez-moi s'il y a du neuf et surtout, soyez prudentes, les filles !

— Promis ! répondit Piper avant de couper la communication.

— Léo !!! hurla-t-elle ensuite à pleins poumons, faisant sursauter ses sœurs.

Léo apparut immédiatement et regarda les trois filles d'un air perplexe.

— Eh bien, dites donc ! Il était fort, cet appel-là ! Que vous arrive-t-il ?

— Il y a eu un autre enlèvement, annonça Paige en croisant les bras. Pas beau à voir !

Piper se leva et jeta le téléphone sur le lit. Elle était tellement tendue que même la vue de son mari ne parvenait pas à la soulager.

— Pourrais-tu consulter le *Livre des Ombres* pour voir s'il peut exister un être qui enlève des sorcières en laissant des traces noires d'huile ?

— Bien sûr, répondit Léo. Mais ça risque de prendre un peu de temps. On a pas mal de travail avec tous ces enlèvements…

— Fais ce que tu peux, d'accord ? insista Piper.

— Je te le promets.

Il la serra rapidement dans ses bras, lui posa un baiser sur le front et disparut.

— Ne t'inquiète pas, ça va s'arranger, dit Phoebe en passant un bras autour des épaules de Piper. Grâce à ces marques noires, nous allons avancer rapidement dans nos recherches.

Paige se joignit à ses sœurs pour un câlin familial et Piper ferma les yeux, essayant de chasser les images de ces draps lacérés, de toutes ces marques noires.

Et dire que la petite sœur de Tessa et de Taryn était peut-être entre les griffes de ce monstre ! Pourvu que l'une des Charmed ne subisse pas le même sort !

Phoebe passa cette nuit-là devant sa tente, à regarder passer l'exode massif qui défilait sous ses yeux. On n'avait pas retrouvé Craig et chaque minute qui passait semblait rendre les participants à la Convention un peu plus fous d'inquiétude. Les hippies installés dans les tentes avoisinantes étaient sur le départ. Ils avaient avancé leur minibus juste devant les tentes et y jetaient leurs affaires pêle-mêle.

Un peu plus loin, Marcia se tenait devant une autre tente, en train de se disputer avec l'un des types qui se trouvaient à la même table que Phoebe lors du petit déjeuner.

— Écoutez, j'estime que nous avons droit à un remboursement intégral, s'énervait le type sans employer l'étrange ton monocorde du matin. Vous ne savez même pas ce qui est arrivé à ce pauvre Craig ! Et il n'y a pas de service de sécurité ! Vous êtes des irresponsables !

— J'ai fait appel à la police et quelques agents vont être envoyés ici sous peu, expliquait désespérément Marcia. Je vous en prie, je suis sûre qu'il n'y aura pas d'autres incidents !

— Il y en a déjà eu un de trop ! Nous partons ! Et si vous ne nous remboursez pas quand nous passerons au bureau de Treetop dans dix minutes, je vous promets que mes avocats s'occuperont de cette affaire !

Le type rentra dans sa tente et Marcia s'éloigna, à la fois furieuse et inquiète. Phoebe laissa échapper un soupir. Cela n'avait plus rien à voir avec la Convention bon enfant que tout le monde avait attendue. Marcia n'était pas responsable de la disparition de Craig, mais Phoebe ne pouvait pas donner tort à celui qui venait de rouspéter. Un enlèvement, c'était un enlèvement de trop !

Quelques autres convents étaient déjà partis un peu plus tôt dans l'après-midi. Ceux qui restaient sortaient encens, cristaux et amulettes pour tracer des cercles de protection autour des tentes. L'atmosphère était un peu plus calme que dans la matinée, mais elle était aussi plus morose. Comme si tout le monde s'était déjà fait à l'idée que cela allait se reproduire.

Phoebe prit une longue inspiration comme pour emplir son cœur de courage et rentra dans la tente. Paige était allongée sur le lit, plongée dans son livre, et Piper pliait ses vêtements.

— C'est quoi, cette odeur ? demanda Piper.

— De l'encens, répondit Phoebe.

Elle se dirigea vers son lit et retira son sac qu'elle avait rangé en dessous. Elle ouvrit une poche extérieure et sortit les cinq cristaux qu'elle avait emballés à la dernière minute. En sentant leur contact lisse et froid contre la paume de sa main, elle se sentit déjà un peu mieux.

— Qu'est-ce que tu fais ? demanda Paige.

— Je pense que nous devrions prévoir un cercle de protection, répondit Phoebe en sortant de la tente.

Elle planta le premier cristal juste devant la porte, puis fit le tour de la tente pour enfoncer les quatre autres dans la terre, aux quatre points cardinaux, sous le regard intrigué de ses sœurs venues la rejoindre.

— Tu crois que c'est vraiment nécessaire ? demanda Piper.

— Bien sûr ! Écoute, tu étais aussi paniquée que les autres, ce matin. Si ce n'est plus !

— Je sais, admit Piper. Mais nous avons des protections que ces autres personnes n'ont pas. Si un machin avec de grosses griffes entre dans notre tente, je l'explose. Et puis ces cristaux ne sont pas très efficaces. S'il existait un sortilège de protection parfait, nous l'aurions mis sur le manoir et on ne viendrait pas nous menacer toutes les cinq minutes.

— C'est mieux que rien, insista Phoebe avec fermeté.

— Je suis d'accord avec Phoebe. Je préfère ne pas prendre le risque de voir ces trucs à griffes entrer dans notre tente !

— Bon, bon, vous avez gagné ! concéda Piper en prenant les mains de ses sœurs. Faisons vite avant que quelqu'un ne nous remarque.

Ensemble, les trois récitèrent les paroles de l'incantation pour poser un sortilège de protection simple :

> *Par ce cercle par les Charmed tracé*
> *Ne pourront que nos amis passer.*

Un éclair de lumière pourpre illumina le cercle défini par les cristaux, puis disparut. Phoebe jeta un rapide coup d'œil pour vérifier que personne ne les avait vues, mais les autres convents étaient bien trop occupés par leurs propres incantations.

— Merci, les filles ! Je me sens beaucoup mieux ainsi, souffla Phoebe avec soulagement.

— Parfait. Je crois qu'il ne faut en effet négliger aucune précaution et faire le maximum pour se protéger, admit Piper.

— Il est temps qu'on aille faire un tour sur le Strip, non ? proposa Paige en retournant dans la tente.

Ses sœurs la suivirent.

Elle sortit son bâton de rouge à lèvres et en remit une nouvelle couche avant d'inspecter le résultat sur un miroir de poche.

— J'ai revu Taryn et Tessa, ce matin, ajouta-t-elle. On dirait qu'elles ont envie de changer d'air et de s'éloigner un peu de tout ce capharnaüm. Qu'en pensez-vous ?

— Ça me va, répondit Phoebe. J'ai besoin de prendre des vacances après ces vacances trop fatigantes… Et toi, Piper ? Tu viens ?

Piper attrapa son sac et se dirigea vers la porte d'un pas décidé.

— Et comment ! Fichons le camp d'ici !

Paige déambulait à travers le casino, un seau en plastique vide à la main, chassant de l'autre les nuages de fumée des cigarettes et des cigares. On se serait dit dans un labyrinthe de lumières clignotantes, de machines à sous bruyantes et de serveuses très légèrement vêtues. Chaque fois que Paige tournait dans une allée, elle était persuadée de s'engager dans celle où elle avait cru laisser ses sœurs. Mais chaque fois, elle était accueillie par une nouvelle rangée de bandits manchots et d'une quinzaine d'étrangers fatigués et morts d'ennui. Si tout le monde s'amusait si peu, pourquoi restaient-ils ainsi, le derrière vissé sur ces fauteuils violets ?

— Bon, je renonce ! dit-elle à voix haute en levant les bras.

— Tu renonces à quoi ? demanda Phoebe.

Paige se retourna et tomba nez à nez avec ses sœurs qui se dressaient sur la pointe des pieds pour voir dans l'autre rangée. Soulagée de les avoir retrouvées, elle posa son seau en plastique entre deux machines à sous.

— Je ne comprends pas comment les gens peuvent trouver cet endroit aussi génial, déclara-t-elle en se laissant tomber sur un fauteuil à côté de Phoebe. Cela fait cinq minutes que je ne trouve plus ça drôle du tout.

— Cinq minutes ? demanda Piper. Que s'est-il passé, il y a cinq minutes ?

— J'ai perdu mes vingt derniers dollars, répondit Paige sur un ton grincheux.

Elle se sentait tellement sotte. Et pourtant, elle savait qu'elle aurait dû s'arrêter avant d'enfiler ce dernier billet dans la machine, mais c'était comme si elle avait été possédée, ne pouvant s'empêcher d'essayer une dernière fois… Et voilà qu'elle avait tout perdu !

— Eh bien, moi, je m'amuse comme une folle ! déclara Phoebe éclatant de rire en leur tendant son seau rempli de pièces.

Les yeux de Paige s'agrandirent comme des soucoupes. Il devait au moins y en avoir pour cent dollars !

— D'où tu sors tout ça ?

— Je vous présente ma machine porte-bonheur ! répondit Phoebe en caressant le flanc de la machine à sous devant elle, comme elle aurait flatté un animal familier.

Paige se pencha en avant, prit une pièce dans le seau de Phoebe et la glissa dans la fente de la machine qui se trouvait devant elle. Elle tira sur le levier, récita une courte prière. Une seule fois… gagner juste une fois pendant cette soirée… ce n'était pas trop demander, non ? Même cinquante cents… Quand elle rouvrit les yeux, les images étaient en train de s'aligner : cerise-cerise…

Retenant sa respiration, Paige regarda ses sœurs.

Une cerise de plus et elle serait riche ! Ou récupérerait au moins sa mise… Mais la bande s'arrêta juste entre une cerise et une barre. Le cœur de Paige se brisa en mille morceaux.

— Super ! marmonna-t-elle en se laissant tomber dans le fauteuil. On ne pourrait pas jeter un tout petit sortilège de rien du tout sur ce truc pour que je puisse au moins me rembourser ?

Pour seule réponse, ses sœurs lui jetèrent deux regards noirs.

— Bon, bon… ça va.

À cet instant, des hurlements de joie s'élevèrent de la salle, un peu plus loin. C'était trop injuste ! Quelqu'un d'autre qu'elle gagnait ! Paige en était verte de jalousie. Décidément, le casino avait un effet désastreux sur son caractère. Elle n'était ici que depuis une heure et devenait déjà une psychopathe avare !

— Que sont devenues Tessa et Taryn ? demanda Paige à Phoebe qui tirait une fois de plus sur le levier de sa machine.

— Elles étaient fatiguées et ont décidé de retourner au camp, répondit Piper. D'ailleurs, je crois que je vais en faire autant.

— Tu as raison, rétorqua Paige. Je meurs d'ennui et la jalousie me ronge à petit feu.

Phoebe laissa échapper un cri de joie et une sonnette se mit à retentir. La lumière au-dessus de sa machine clignota à toute vitesse et des pièces commencèrent à dégringoler dans le panier en métal.

Paige n'en revenait pas, sa sœur venait encore d'aligner trois cerises !

— C'est génial, Phoebe ! s'écria-t-elle, ravie pour elle.

— Mille quarters ! hurla Phoebe en s'applaudissant elle-même. Ça fait combien ?

— Deux cent cinquante dollars ! s'exclama Piper en serrant sa sœur par les épaules. Si tu continues comme ça, tu vas pouvoir rembourser tous les frais de ce fichu voyage !

Un autre cri de joie s'éleva du milieu du casino et Paige se mit sur la pointe des pieds pour voir d'où venait cette agitation pendant que les pièces continuaient à tomber et que les sœurs les entassaient dans des seaux en plastique.

— Vous avez l'air d'en avoir pour encore quelque temps, annonça Paige. Je vais voir ce qui se passe là-bas.

— D'accord, mais dépêche-toi de revenir ! On aura sûrement besoin de ton aide pour porter tout ça ! répondit Phoebe.

Paige sourit et se dirigea vers les cris. Elle arriva au centre du casino où se dressaient les tables de black-jack et de poker. Un autre hurlement de joie attira son attention vers une des tables où elle reconnut Jasmine et ses amies qui s'embrassaient en dansant autour d'une table à roulette. Elles avaient l'air complètement décalées, avec leur déguisement de soi-disant sorcières branchées. Un groupe de papis en chemises pastel vertes ou roses les regardaient d'un œil goguenard en passant à côté d'elles. Paige arriva juste à l'instant où le croupier poussait un joli tas de jetons vers la fille aux cheveux rouges.

— Que se passe-t-il ? demanda Paige en se glissant à côté de Jasmine.

— Nous sommes les déesses de la roulette, ma chère ! déclara Jasmine, les yeux brillants d'excitation. Regarde !

Elle lui montra une impressionnante pile de jetons et Paige fit fonctionner son petit boulier cérébral. Jasmine avait plus de mille dollars devant elle !

— Chapeau, les filles ! Vous avez un truc ou quoi ? demanda Paige tandis que les autres filles posaient leurs paris pour le tour suivant.

Jasmine se pencha vers Paige.

— Oui, lui murmura-t-elle à l'oreille. Ça s'appelle de la magie !

Paige sentit son estomac se nouer en voyant le regard malicieux de Jasmine. Était-elle sérieuse ? Utilisaient-elles un véritable sortilège ou un autre subterfuge pour contrôler la roulette ?

Apparemment, ces filles n'ont jamais entendu parler du péril qui existait quand on utilisait la magie à des fins personnelles, songea Paige.

Le croupier fit un signe de la main pour annoncer qu'il n'acceptait plus de paris, puis leva la main pour mettre la roulette en marche. À cet instant, Jasmine et ses amies se prirent par la main en fermant les yeux. Paige remarqua qu'elles murmuraient quelque chose à l'unisson, mais leurs lèvres remuaient à peine. Le croupier était pâle, nerveux, et son front était couvert de fines gouttelettes. Il regardait par-dessus son épaule, comme s'il envisageait de fuir.

La roulette s'immobilisa et la bille rebondit plusieurs fois avant de se poser sur un quinze noir. Jasmine et ses amies lâchèrent leurs mains, ouvrirent leurs yeux et se mirent à crier, une fois de plus.

— Quinze noir ! annonça le croupier sans enthousiasme. Nous avons un gagnant.

Il paya une fille à l'autre bout de la table qui, elle aussi, détenait déjà une jolie pile de jetons.

— Mais qu'est-ce que vous faites ? chuchota Paige dans l'oreille de Jasmine.

— C'est un simple sortilège de manipulation, répondit Jasmine dans un souffle. En faisant la même incantation à plusieurs, ça ne rate jamais. On gagne juste chacune à notre tour, c'est tout.

— Ce n'est pas tricher ? demanda Paige en rougissant.

— Mon Dieu, Paige ! Comme tu peux être coincée !

À cet instant, un type aux cheveux poivre et sel et à l'allure officielle vint se poster à côté du croupier et chuchota quelques mots à son oreille. Ce dernier eut l'air soulagé et jeta un regard triomphant vers les filles avant de s'écarter de la table pour laisser la place à l'homme en costume.

— Je suis désolé, mais il va falloir que je ferme cette table, annonça le nouveau venu d'un air grave. Je vous félicite pour vos gains, mesdemoiselles, mais vous avez épuisé les réserves de cette table.

— Hé ! Mais vous ne pouvez pas nous empêcher de continuer à parier ! cria la fille aux cheveux rouges.

— Non, non, ça ne fait rien, dit Jasmine en rassemblant ses gains. Nous allions de toute façon à la discothèque, n'est-ce pas, les filles ?

Toutes rassemblèrent leurs jetons comme de petites grippe-sous et s'éloignèrent de la table. Paige s'apprêta à prendre congé et à retrouver ses sœurs. Il fallait à tout prix qu'elle leur raconte ce qu'elle avait vu. Si le

convent de Jasmine était capable de contrôler la roulette, elles détenaient quand même un minimum de
pouvoirs et risquaient d'être les suivantes sur la liste du
kidnappeur. Mais quand elle se retourna, Piper et
Phoebe arrivaient déjà, chargées de toutes leurs pié-
cettes.

— Hé, salut ! s'écria Jasmine. On dirait qu'on n'est
pas les seules à gagner, ce soir !

Paige éclata de rire, évitant d'interroger Jasmine sur
le sens du verbe *gagner* alors qu'elles avaient outrageusement triché.

— Piper, Phoebe, je vous présente Jasmine, dit
Paige. Elle et ses amies viennent d'exploser la roulette.

— Et moi les machines à sous, annonça fièrement
Phoebe.

— Cool. Vous voulez venir avec nous pour fêter ça ?
demanda Jasmine. Nous allons à cette nouvelle discothèque, au bout du Strip. Il paraît que c'est génial !

Le reste de son convent s'était rassemblé à l'autre
extrémité de la table à roulette, en train de l'attendre.
Paige aurait parié avoir entendu l'une d'entre elles
grommeler son désaccord au sujet de l'invitation que
venait de lancer Jasmine. Sans doute Cheveux Rouges.

— Moi, je suis partante, annonça Paige. J'en ai assez
du casino, mais je suis trop excitée pour aller dormir.

Elle interrogea ses sœurs du regard, pleine d'espoir.
Paige était assez tentée de passer le reste de la soirée
avec Jasmine et ses amies. Elles devaient être plutôt
marrantes, en discothèque. Mais elle savait qu'elle
s'amuserait davantage si Piper et Phoebe venaient
également.

— Qu'en pensez-vous ? Nous pourrions faire les folles sur la piste de danse ! insista-t-elle.

— Je ne sais pas, dit Piper. J'ai plutôt envie de rentrer et d'appeler Léo.

— Oui, moi aussi, je vais appeler Cole, renchérit Phoebe.

— Oh, non ! protesta Paige. On est en vacances ! Vous n'en avez pas assez de jouer aux femmes mariées ?

— Désolée, Paige, mais c'est un peu ce que je suis. Alors je vais être obligée d'assumer !

Paige éclata de rire.

— Bon, puisque tu y tiens. Moi, en tout cas, je vais y aller !

Phoebe jeta un regard interrogateur à Piper.

— Paige, je peux te voir une seconde ?

— Je reviens tout de suite, annonça Paige à Jasmine.

— O.K., mais grouille-toi, sinon les autres vont s'impatienter !

Paige suivit Piper vers une machine hors d'usage avec le sentiment désagréable d'aller au-devant d'une leçon de morale.

— Je ne pense pas que ce soit une bonne idée de nous séparer avec ce psychopathe en liberté, souffla Phoebe.

— Mais je serai avec des amies, voyons !

Elle repoussa la vague de peur qui la submergea en entendant les paroles de Phoebe. Ne venait-elle pas de conclure elle-même que Jasmine serait une cible parfaite pour le kidnappeur. Mais il n'allait pas l'enlever au beau milieu d'une discothèque, alors il était inutile qu'elle parle de ses suspicions à ses sœurs. Surtout en sachant qu'elles paniqueraient et la ramèneraient au campement par la peau du cou !

— Ne t'inquiète pas, intervint Piper. Paige ne risque rien.

— Piper ! Je croyais que tu me soutenais, dans cette histoire ! protesta Phoebe.

— Pour une fois, je ne serai pas Piper-le-gendarme. Je pense que Paige devrait sortir et s'amuser. Il n'y a pas de quoi s'inquiéter. Elle sera entourée de plein de gens.

— Merci ! s'écria Paige en sautillant d'excitation. Faites un bisou de ma part à Cole et à Léo !

Puis, avant que Phoebe puisse encore protester, Paige tourna les talons et courut vers Jasmine. Il était temps qu'elle s'éclate un peu, pendant ces vacances !

CHAPITRE 7

— Oh, mon Dieu ! Que se passe-t-il ? demanda Phoebe, l'estomac tout retourné.

Quand Piper conduisit la décapotable vers l'entrée du campement, elles aperçurent deux voitures de police arrêtées devant le panneau, tous gyrophares allumés. Des agents de police se tenaient à côté des voitures, plongés dans une discussion qui avait l'air sérieuse.

— Tu crois qu'il y a eu d'autres enlèvements ? ajouta Phoebe.

— On va bientôt le savoir, répondit Piper quand l'un des policiers dirigea une lampe très puissante vers elles.

Il leur fit signe de s'arrêter et Piper obtempéra, immobilisant la voiture juste à sa hauteur.

— Bonsoir, mesdames, dit l'agent en éteignant la lumière. Que faites-vous ici ?

— Nous sommes au campement du... euh... de la Convention, répondit Piper en se disant qu'il allait les prendre pour des folles.

— Quelques-uns de nos agents sont sur place pour s'occuper d'une affaire, expliqua le policier en reculant d'un pas. Nous vous serions reconnaissants de vous rendre directement à vos tentes.

— Une affaire ? s'inquiéta Phoebe. Est-ce qu'il y a eu un autre enlèvement ?

— Désolé, madame, je ne suis pas autorisé à divulguer des informations. Contentez-vous d'aller jusqu'à vos tentes, s'il vous plaît.

Phoebe et Piper échangèrent un regard intrigué tandis qu'il leur faisait signe d'avancer. Piper engagea la voiture dans le chemin de terre et s'enfonça dans la nuit, vers le campement.

— Nous n'allons pas directement à notre tente, n'est-ce pas ? demanda Piper en s'agrippant au volant.

— Comme si tu avais besoin de poser la question, rétorqua Phoebe en lui lançant un clin d'œil.

Phoebe pensait au pire et le chemin jusqu'au campement lui semblait interminable. Quand elles arrivèrent enfin, de petits groupes s'étaient formés devant les tentes. Debout ou installés sur des bancs, ils bavardaient tranquillement, non sans jeter un coup d'œil de temps en temps derrière eux, vers l'obscurité qui les entourait. La tension dans l'air était presque palpable. Piper dirigea la voiture directement vers le bureau de Treetop, où deux autres voitures de la police étaient garées, et coupa le moteur.

— Si quelqu'un sait ce qui se passe ici, c'est bien Marcia ! dit Piper en sortant de la voiture dont elle claqua la portière.

— Qu'est-ce que tu vas faire ? demanda Phoebe en se dépêchant pour la rattraper. Entrer dans ce bureau alors qu'ils sont peut-être en plein interrogatoire ?

Sans répondre, Piper fit exactement cela. Phoebe la

suivit mais, à l'instant où elle entrait dans le minuscule bureau, un policier chauve et ventripotent l'arrêta par le bras.

— Vous n'avez rien à faire ici, mesdemoiselles ! dit-il en leur jetant un regard menaçant. Si vous attendiez dehors ?

Phoebe embrassa rapidement la scène du regard. Deux autres agents se tenaient devant un poste de télévision et un magnétoscope, dans un coin de la pièce exiguë, pendant qu'un troisième s'entretenait avec Marcia et Ryan Treetop derrière le bureau. Marcia semblait terriblement pâle et ses cheveux étaient en bataille, comme si elle n'avait pas eu l'occasion de se regarder dans un miroir de toute la journée. Le visage de Ryan était ravagé d'inquiétude.

— Marcia ? Est-ce que tout va bien ? demanda Phoebe, le policier toujours accroché à son bras.

Marcia leva les yeux et mit quelque temps à la reconnaître.

— Oui, oui, ma chère. La police vient juste de confisquer une cassette vidéo de surveillance.

Le policier lâcha Phoebe et elle frotta automatiquement l'endroit où il l'avait trop serrée. Elle jeta un coup d'œil vers Piper, certaine que sa sœur avait la même idée qu'elle. *Une vidéo de surveillance ?* Si le truc qui avait enlevé Craig était sur cet enregistrement et si elles pouvaient y jeter un coup d'œil, il leur serait beaucoup plus facile d'identifier un éventuel démon dans le *Livre des Ombres*.

— Mademoiselle Farina, je vous avais bien dit que cette information ne devait pas être divulguée au public, gronda le policier à la poigne de fer.

— Je suis désolée. La journée a été particulièrement éprouvante.

— Est-ce qu'on peut voir la cassette ? demanda Piper en se tournant vers le magnétoscope dont l'image en noir et blanc semblait arrêtée sur la vue d'un des nombreux chemins qui traversaient le campement.

— C'est hors de question ! rétorqua le policier sur un ton condescendant, les narines frémissantes d'impatience. C'est une affaire qui ne concerne que la police et cette cassette est un indice. Alors, si vous aviez la gentillesse de sortir…

— Bon, si c'est comme ça… dit Piper.

Elle leva les mains et d'un geste bref du poignet, elle figea toute la pièce. Le policier s'immobilisa, la bouche à moitié ouverte et Garcia avait été interrompue au bord des larmes.

— Allons-y ! dit Piper en se précipitant vers le magnétoscope.

Elle appuya sur le bouton et toutes deux reculèrent d'un pas pour voir les images.

La scène prit vie en pointillés noirs et blancs. Elle était prise du haut, au croisement de trois tentes. L'horloge, en bas à gauche de l'image, indiquait 2 h 43 du matin. Retenant son souffle, Phoebe attendit qu'il se produise quelque chose, mais quelques minutes passèrent et elles ne virent rien. C'était seulement l'image d'un chemin désert.

— Je vais le mettre en avance rapide. Nous n'avons pas de temps à perdre.

La cassette accéléra, mais elles ne virent que des lignes blanches courir à travers l'image. Puis, soudain, Phoebe distingua un mouvement sur le coin, en haut à gauche de l'écran. Elle se précipita vers l'appareil et appuya sur le bouton Marche.

L'horloge indiquait maintenant 2 h 59. Trois silhouettes d'une taille inhumainement grande et portant de longs manteaux noirs s'engageaient dans le chemin. Phoebe sentit son cœur s'accélérer. Les créatures avançaient lentement mais délibérément, et gardaient leur tête baissée. La manière dont elles se déplaçaient et dont les manteaux remuaient autour de leur corps donnait le frisson.

— Qu'est-ce que ça peut être ? murmura Phoebe, les sourcils froncés par l'effort de concentration.

— Je n'en ai pas la moindre idée, répondit Piper. Ça pourrait être des humains incroyablement grands…

L'une des créatures leva le visage et Phoebe saisit le bras de Piper. Il avait une grande tête de chacal avec un long museau et des yeux d'un blanc lumineux. Quand il leva le bras pour tirer la capuche sur son visage, Phoebe put distinguer très clairement de longues griffes noires.

— Brrrr ! C'est assez terrifiant, souffla Phoebe en relâchant le bras de Piper tandis que les créatures traversaient l'image.

— Ce qui est terrifiant, c'est de savoir qu'ils se baladaient dans le campement pendant qu'on dormait tranquillement, dit Piper en tremblant. Bon, rembobine vite la cassette. Maintenant, au moins, on sait à quoi ils ressemblent.

— On laisse la bande ici ? demanda Phoebe.

— Il le faut bien. Comme elle était dans le magnétoscope, ils vont se méfier s'ils ne l'y retrouvent pas. En plus, ils vont croire que ce sont des gens qui se sont simplement déguisés ainsi la nuit dernière. Personne d'autre que nous n'imaginera que ce genre de créature pourrait exister pour de vrai. Viens, remettons-nous à l'endroit où nous nous tenions tout à l'heure.

— O.K., j'arrive, dit Phoebe en rejoignant sa sœur. Tu peux y aller !

Piper leva la main et, à cet instant, la porte du bureau s'ouvrit brusquement. Phoebe eut juste le temps d'apercevoir Taryn, Tessa et Christian en train d'entrer avant que Piper ne dégèle la scène.

Les yeux de Tessa et de Christian sautèrent presque de leurs orbites et Taryn dut s'agripper au chambranle de la porte pour ne pas s'affaler par terre. Phoebe eut presque un malaise. Quelle catastrophe : ils venaient tous trois de découvrir le pouvoir de Piper.

— ... de ce bureau immédiatement ! continua le policier en finissant la phrase qu'il avait commencée avant d'être figé. Puis il aperçut les trois intrus et son visage tourna au rouge écrevisse. Et vous, là ! D'où sortez-vous ? hurla-t-il.

— Venez ! dit Piper en attrapant le bras de Taryn et de Tessa. On allait justement partir.

Elle les tira vers l'extérieur et Phoebe s'assura que Christian les suivait. Inutile qu'il pose des questions embarrassantes aux personnes à l'intérieur du bureau. Mais dès qu'ils furent dehors, sur le chemin, Christian se déchaîna !

— C'était quoi, ça ? demanda-t-il, très nerveux. Qu'est-ce que je viens juste de voir là-dedans ?

— Rien, répondit automatiquement Piper. Je n'ai rien vu de bizarre. Et toi, Phoebe ?

Christian croisa les bras d'un air circonspect.

— Vous vous fichez de moi ? Vous avez fait un truc à ces gens et si vous ne me dites pas immédiatement ce qui se passe, je retourne dans ce bureau et je raconte à ces flics ce que je viens de voir !

Phoebe se tourna vers Piper qui se contenta de regarder le sol qu'elle labourait du bout de ses bottes comme si c'était l'occupation la plus urgente, dans l'immédiat. Phoebe ouvrit la bouche, mais aucune parole n'en sortit. Elle n'avait pas la moindre idée de ce qu'elle pouvait dire pour arranger la situation.

— Bon, alors j'y vais ! déclara Christian en esquissant un mouvement vers la porte de Treetop.

— Attends ! dit Tessa en le retenant par le bras.

Elle se tourna lentement vers Piper et Phoebe et prit une longue inspiration :

— Les filles, vous devez nous dire ce qui se passe. Qui a de tels pouvoirs ?

Piper et Phoebe échangèrent un coup d'œil résigné. Si seulement elles avaient choisi de passer la soirée avec Paige ! Elles savaient que cette nuit allait être très très longue.

Paige se regardait dans le miroir des toilettes de la discothèque où Jasmine et sa bande l'avaient entraînée, se demandant pourquoi elle n'était pas simplement rentrée au campement avec ses sœurs. Même si elles bavardaient juste avec leurs jules, elles devaient mieux s'amuser qu'elle. Le rythme répétitif de la techno-music résonnait à travers les murs, faisant vibrer les appliques aux lumières tamisées. Les basses lui arrachaient les tympans et elle n'en pouvait plus. Décidément, elle ne savait plus faire la fête comme avant !

— Euh… excusez-moi… Allez-vous monopoliser ce miroir pendant toute la nuit ?

Paige jeta un regard à son reflet et vit une minette outrageusement maquillée d'une vingtaine d'années qui se tenait derrière elle, vêtue d'une minirobe et de cuissardes couvertes de paillettes argentées. Encore une de ces gamines odieuses qui s'imaginait que le monde tournait autour d'elle et qu'elle pouvait avoir tout ce qu'elle voulait juste en claquant des doigts ! Toute la discothèque était remplie de ce genre de pipelettes. Paige eut envie de la remettre à sa place, mais elle était tellement fatiguée qu'elle préféra renoncer. Elle s'éloigna donc du lavabo pour aller rejoindre la foule qui se piétinait sur la piste de danse.

Bousculée de toutes parts, elle réussit à atteindre le bar sans trop de dégâts. Elle en avait par-dessus la tête de cet endroit et n'aspirait plus qu'à rentrer chez elle. Mais elle ne voulait pas partir sans prévenir ses compagnes de virée. Sans doute n'auraient-elles pas remarqué son absence et se ficheraient-elles complètement de son départ, mais Paige préférait tout de même que quelqu'un sache où elle se trouvait. Apparemment, le sens des responsabilités de ses sœurs plus âgées commençait à déteindre sur elle.

Après avoir traversé la piste engorgée de pantins gesticulants, elle se retourna pour voir si elle apercevait Jasmine. Elle repéra Cheveux Rouges, qui s'appelait en fait Chloé, en train de bavarder avec Annie les Cheveux Longs et Jessie, une petite boulotte qui semblait porter une admiration sans limites aux autres filles, qu'elle devait sûrement considérer comme ses héroïnes. Elles étaient tout excitées comme des puces et gloussaient en mettant la main devant la bouche, comme de petites oies. Paige se dirigea vers elles et s'immisça entre le dos de Chloé et un couple qui se comportait comme s'il se trouvait dans une chambre à coucher et non dans un lieu public.

— Salut ! Est-ce que vous avez vu Jasmine ? cria Paige pour se faire entendre.

— Paige ! Tu ne vas jamais croire ce que je viens de faire ! dit Chloé en se retournant, un verre de Martini à la main. Tu vois ce type, là-bas, adossé contre le mur ?

Elle lui montra du doigt un homme relativement jeune, en chemise grise, avec les cheveux tirés en catogan et une longue boucle d'oreille.

— Oui. Et alors, qu'est-ce qu'il a ? demanda Paige.

— Eh bien, il draguait Jessie comme un fou et ne voulait pas la laisser tranquille. Alors, je l'ai marqué, expliqua Chloé en pouffant d'un nouveau rire avant de reprendre une gorgée de Martini.

— Tu l'as *marqué* ? répéta Paige.

Elle n'avait pas la moindre idée de ce que cela pouvait signifier, mais se méfiait un peu.

— Je garde toujours cette potion sur moi, au cas où j'en aurais besoin, expliqua Chloé en tirant une minuscule fiole de son petit sac noir. Il suffit d'en mettre une goutte sur le bout du doigt et de le frotter sur la nuque de quelqu'un. L'effet est presque immédiat. Regarde !

Le type en question s'imposait lourdement à une fille un peu rondelette dans une combinaison très moulante. Il la coinçait carrément contre un mur et laissait courir son doigt sur son décolleté assez provocant. La fille semblait mal à l'aise et réussit finalement à s'éloigner de lui. Paige en fut malade. Elle n'arrivait pas à croire que Chloé avait poussé le vice jusqu'à envoûter ce pauvre type. Et ce n'était pas très sympa pour la gente féminine du club non plus, d'ailleurs. Il allait sans doute harceler toutes les filles de la discothèque d'ici la fin de la nuit.

— Ce n'est pas drôle, Chloé ! dit Paige.

Elle avait l'impression d'avoir affaire à des gamines de maternelle. Le visage de Chloé s'assombrit et Paige sut qu'elle allait la rembarrer mais, au même instant, Jasmine arriva en se tordant de rire.

— Ça y est ! J'ai une mèche de ses cheveux ! dit-elle.

— Parfait ! s'exclama Chloé en remettant la fiole de potion dans son sac avant d'en sortir une petite poupée blanche de vaudou. Donne-la-moi !

— Tu vas adorer, Paige ! dit Annie en s'accoudant au bar.

Chloé noua une mèche de cheveux blonds, presque blancs, autour du cou de la poupée en serrant bien fort. Puis elle tint la poupée dans ses deux mains et récita :

Avec mes mots, cette poupée devient mon instrument.
Donne-moi le pouvoir sur celle dont voici les cheveux.

Chloé sourit à Paige, puis posa la poupée sur le bar.

— Vous êtes prêtes, les filles ? demanda Chloé d'un air conspirateur devant une Paige de plus en plus mal à l'aise.

Annie, Jesse, Chloé et Jasmine placèrent toutes un doigt sur la poupée et tournèrent le regard vers les toilettes, de l'autre côté de la piste de danse.

— À qui est destiné ce sortilège ? demanda Paige.

Pourvu que personne ne se rende compte que ces filles faisaient du vaudou… Mais cela étonnerait-il quelqu'un ? Las Vegas semblait attirer encore plus de gens bizarres ou cinglés que San Francisco !

— Tu vas voir, dit Jasmine.

La fille insolente des toilettes émergea et Paige sut que ce serait elle, la victime. Elle portait des cheveux très blonds qui descendaient jusqu'à la taille et qui ressemblaient étrangement à ceux dont Chloé s'était servie.

— Trébuche ! dirent les filles en chœur.

La fille bascula instantanément en avant et dut se rattraper à une colonne pour ne pas tomber.

Affolée, Paige ne sut que penser.

— Mais qu'est-ce que cette fille vous a fait ? demanda-t-elle à Jasmine.

— Elle s'est comportée comme une vraie mal élevée sur la piste de danse, tout à l'heure. Elle n'a pas arrêté de me donner des coups de coude comme si cet endroit lui était strictement réservé ! Il ne faut pas exagérer, tout de même !

Puis elles virent la fille s'approcher d'un grand type plutôt mignon avec l'intention évidente de le séduire.

— Éternue ! dirent les quatre filles.

La blonde laissa échapper un énorme éternuement en plein dans le visage du type qu'elle essayait d'impressionner. Il fit une grimace et s'essuya le visage d'un air dégoûté avant de s'éloigner, laissant la blonde mortifiée.

Jasmine et ses amies éclatèrent d'un rire cruel.

— Là, vous exagérez ! Il est temps d'arrêter vos gamineries ! s'insurgea Paige.

— Oh, ne sois pas une rabat-joie ! s'énerva Chloé. Allons, les filles. Encore un !

La blonde se dirigeait vers la piste de danse, espérant sans doute se perdre dans la foule. Juste à l'instant où elle atteignait le centre de la piste, au milieu d'une bande de danseurs à l'air plutôt branché, Jasmine et ses amies frappèrent à nouveau.

— Tombe ! dirent-elles ensemble.

La blonde trébucha et s'étala de tout son long, nez à terre. Paige se dit que cela devait être assez douloureux, mais tout le monde autour de la malheureuse éclata de rire. La fille se releva et s'enfuit vers la porte, au bord des larmes.

— J'en ai assez, dit Paige, dégoûtée. Cette fois, je m'en vais !

Peu lui importait si cette fille s'était montrée impolie envers elle ou Jasmine. On n'utilisait pas ses pouvoirs pour persécuter des innocents… ou des sales gamines mal élevées. Paige attrapa son sac à main et, ignorant les protestations de Jasmine, se fraya un passage dans la foule jusqu'à la porte latérale. Elle ne voulait surtout pas tomber sur la blonde en pleurs dans l'entrée en sachant qu'elle aurait pu faire un geste pour mettre fin à son supplice. Elle ne désirait plus qu'une chose : rentrer au camp et oublier cette journée infernale.

Dehors, elle se retrouva dans une petite ruelle, un peu désorientée. Puis elle aperçut des phares de voitures qui passaient tout au bout, sur la droite. Décidant que ce devait être le Strip, elle en prit la direction. Mais elle n'avait pas fait un pas quand elle entendit un long hurlement provenant de l'autre côté de la ruelle obscure. Un hurlement humain.

Paige se retourna et vit deux silhouettes en train de lutter à l'autre bout de l'allée. Elle se précipita vers elles et, en approchant, discerna un éclair métallique. Quand elle comprit ce qui se passait, elle sentit une poussée d'adrénaline. Un homme tenait une fille parderrière, un couteau pressé sur la gorge, et essayait de lui arracher son sac.

Sans y réfléchir à deux fois, Paige tendit la main et lança :

— Couteau !

L'arme disparut dans un tourbillon de lumière blanche et réapparut dans la main de Paige. Surpris, l'homme lâcha la fille qui en profita pour lui donner un coup de coude dans l'estomac. Plié en deux, il ne put retenir sa victime qui s'enfuyait vers le Strip sans chercher à comprendre ce qui venait d'arriver. C'était d'ailleurs mieux ainsi ! Ainsi, il n'y aurait pas de questions. L'agresseur reprit son souffle, se redressa et fila dans la nuit sans demander son reste.

— *Au moins, cette nuit n'aura pas été un fiasco total*, se dit Paige.

Elle jeta le couteau dans une poubelle quelques pas plus loin et se frotta les mains, satisfaite de son intervention. Quand elle se retourna, elle aperçut Jasmine qui se tenait près de la porte et l'observait, bouche bée.

Paige sursauta.

— Qu'est-ce qui s'est passé ? demanda Jasmine.

— Y a-t-il un quelconque espoir pour que tu croies que c'était une illusion d'optique ? demanda Paige avec un regard suppliant.

Passant d'une jambe sur l'autre, les bras croisés, Jasmine attendait. Elle arqua même un seul sourcil à la fois, chose que Paige n'arrivait toujours pas à faire après des années d'entraînement.

— C'est bien ce que je pensais, dit Paige d'un air de chien battu.

Elle était cuite. Pire, même. Ses sœurs allaient la tuer !

CHAPITRE 8

— Un cauchemar. C'est un cauchemar ! répéta Phoebe, désespérée.

Suivie de ses sœurs, elle longeait le chemin qui menait au réfectoire en traînant lamentablement les pieds.

Après ce qui venait de leur arriver, la veille, aucune d'entre elles n'avait hâte d'être vue en public. Le campement, fort heureusement, était tellement désert qu'il ne ressemblait plus à un lieu public. Non seulement beaucoup de campeurs avaient-ils fui le site, mais les trois sœurs avaient quitté leur tente particulièrement tard, afin de ne pas risquer de croiser Jasmine ou Christian sur leur chemin vers le petit déjeuner. Elles auraient déjà à parler avec Tessa et Taryn à table, mais préféraient limiter les dégâts en ne rencontrant qu'un Wicca effrayé à la fois.

Phoebe avait beau essayer de rester calme, c'était impossible. Et puis cette chaleur écrasante l'achevait. Il n'était même pas encore dix heures du matin et le thermomètre devait déjà atteindre les quarante degrés ! L'anxiété et la chaleur la faisaient transpirer à grosses gouttes et elle ne cessait de s'éponger le front avec son mouchoir.

— Ça va s'arranger. Je pense vraiment que ça va s'arranger, dit Paige en tripotant le bout d'une de ses tresses.

Mis à part ce geste nerveux, elle avait l'air calme et concentré, et Phoebe regrettait déjà de ne pas avoir relevé ses cheveux, elle aussi.

— Comment ? demanda Piper en se retournant vers ses sœurs en arrivant à la porte du réfectoire. Comment est-ce que ça va s'arranger ?

Il y eut un long silence, puis Paige soupira.

— Je pourrais peut-être nous téléporter jusqu'en Alaska.

— Voilà une idée géniale ! Je prends ! dit Phoebe avec un sourire plein d'espoir.

Mais elles savaient que ce n'était pas une option.

— Je ne comprends pas comment on a pu être assez stupides pour se faire surprendre toutes les deux, le même soir, en train d'utiliser notre pouvoir ! dit Piper en s'adressant à Paige.

— C'est bien vrai. Terriblement stupides ! renchérit Phoebe en faisant des pitreries.

Ses sœurs lui jetèrent un regard noir typiquement Charmed.

— Désolée, reprit Phoebe. J'essayais seulement de mettre un peu de gaieté.

Elle s'éclaircit la gorge et passa devant Piper pour entrer.

— J'y vais, les filles ! dit-elle sur un ton mélodramatique. Couvrez-moi !

Puis elle entra dans le réfectoire, la tête haute, bien

qu'elle eût davantage envie d'avancer à quatre pattes, en rasant discrètement les murs. Ses sœurs suivaient.

Quand les trois Charmed entrèrent dans la salle, tout le monde leva la tête et Phoebe pila, s'attendant à une avalanche de questions, d'accusations, d'admiration et de peur. Mais apparemment, tous n'avaient levé la tête que par pure curiosité, car ils se concentrèrent aussitôt sur leur repas. Voilà qui était réconfortant, cela voulait dire que Jasmine, Christian, Terra et Taryn n'avaient pas fait le tour du campement pour jaser au sujet de leurs pouvoirs. Phoebe était vraiment impressionnée par leur discrétion.

L'atmosphère au réfectoire était complètement différente de celle de la veille. Plus de rires, de conversations animées et bruyantes. Beaucoup de tables étaient vides et les autres occupées par des groupes de gens qui chuchotaient, le nez plongé dans leurs assiettes. L'air était tendu, saturé de paranoïa.

Faisant un effort pour surmonter sa nervosité, Phoebe jeta un coup d'œil vers la table 3 et vit que Tessa et Taryn les attendaient, accompagnées de Christian et de Jasmine. Dès qu'ils aperçurent Phoebe, ils échangèrent des regards entendus. De toute évidence, ils avaient eu l'occasion de partager quelques informations. Ils savaient que Piper et Paige détenaient des pouvoirs et en avaient déduit que Phoebe devait en avoir aussi.

— On dirait qu'il y a eu des défections à notre table, dit Phoebe en se passant la main dans la nuque pour se détendre un peu.

— Et si je me téléportais jusqu'au McDonald's pour nous chercher quelques petits déjeuners ? suggéra Paige. On pourrait se retrouver sous notre tente… Ou mieux encore… Si nous allions à l'un de ces buffets illimités qu'on avait aperçus en arrivant à Las Vegas ?

— Allons, Paige, il va bien falloir les affronter un jour ! la raisonna Piper en tirant discrètement sa sœur par le bras. Souviens-toi de ce qu'on a décidé hier soir : on leur en dit le moins possible.

Quand elles arrivèrent toutes les trois à la table, quatre paires d'yeux les dévisageaient avec curiosité. On aurait dit des enfants impatients d'entendre une belle histoire.

— Salut, tout le monde ! dit Phoebe avec un sourire éblouissant. C'est super, il y a des crêpes, aujourd'hui !

Elle se glissa devant Christian et Jasmine, s'assit et commença à remplir son assiette, aussitôt suivie par Piper et Paige. Les autres Wiccas n'allaient certainement pas les laisser tranquilles, mais elle espérait repousser l'échéance le plus loin possible. Après quelques minutes d'un lourd silence, Phoebe ne pouvait plus supporter la sensation de tous les regards concentrés sur elle. Elle leva finalement les yeux et rencontra ceux de Taryn, installée en face d'elle.

— Bon, alors qu'est-ce que vous êtes exactement, les filles ? demanda brutalement Taryn.

Un tel manque de tact déconcerta un instant Phoebe. Le ton était presque méchant et agressif. Mais en voyant les joues rouges de Taryn, elle comprit que la fille avait dû fournir un gros effort pour surmonter sa timidité.

— Taryn ! Mais qu'est-ce qui te prend de poser une telle question ! la réprimanda Tessa en la poussant du coude.

— Je dirais que c'est une question légitime, intervint Christian. Tu veux bien y répondre, Phoebe ?

— Eh bien, nous sommes des Wiccas, tout comme vous tous, répondit Phoebe avec nonchalance.

Elle fit mine d'appliquer tout son effort de concentration sur les crêpes qu'elle inondait de sirop d'érable.

— Mon œil ! répondit Jasmine avec sarcasme. Même moi je n'ai pas autant de pouvoir et pourtant je m'exerce pour ainsi dire depuis le berceau. Ma mère était déjà une Wicca au grand pouvoir, ajouta-t-elle à l'adresse des autres.

— Est-ce que tu pourrais parler un peu moins fort, souffla Piper en se penchant en avant. On n'a vraiment pas besoin que quelqu'un nous entende parler de nos pouvoirs.

— Pourquoi ? demanda Christian en se redressant sur ses ergots comme un coq prêt à se battre. Pourquoi ne veux-tu pas que quelqu'un entende ?

— Parce que je préférerais que tout le monde ne nous regarde pas comme vous le faites en ce moment, rétorqua Piper.

Il y eut un silence inconfortable et tous contemplaient leurs petits déjeuners encore intacts. Phoebe se creusait la cervelle pour trouver une explication plausible, mais ils n'étaient pas stupides. Ils savaient que le don de télékinésie de Paige et le pouvoir de figer de Piper n'étaient pas des talents normaux pour des Wiccas. Les performances des Charmed dépassaient largement les petits exercices de vaudou que Jasmine et ses amies avaient pratiqués en boîte.

— Écoutez… commença Paige.

Phoebe retint sa respiration, espérant que sa jeune

sœur ne dévoilerait pas tout. Elle adorait Paige, mais savait qu'elle avait tendance à parler avant de prendre le temps de réfléchir.

— … mettons qu'on a juste poussé nos pouvoirs un peu plus loin que vous. On adore ça et on s'exerce très souvent. On s'y consacre pratiquement à plein temps.

Tout le monde donna l'impression d'avaler le morceau et Phoebe crut qu'ils allaient se contenter de cette explication. Un point pour Paige ! Mais ils se mirent tous à parler au même moment :

— Geler le temps n'est pas un petit exercice de…

— Je regrette, je ne peux pas croire que ce que j'ai vu…

Phoebe faillit se taper la tête contre la table de désespoir quand une puissante voix masculine s'éleva, interrompant toutes les conversations.

— Ceci vous concerne tous ! Nous avons retrouvé Craig !

C'était Damon, le Noir qui avait annoncé sa disparition le matin précédent. Mais ses yeux n'avaient plus cet éclat sauvage. Personne ne l'avait entendu entrer.

Christian se leva aussitôt.

— Il est mort ! déclara Damon en regardant Christian droit dans les yeux. Craig est mort.

— Je n'arrive pas à croire ça ! dit Piper en regardant autour d'elle, dans la cave où de nombreux campeurs s'étaient rassemblés. Tout ce monde ne devrait pas être là.

— Je ne vois pas comment on aurait pu les en empêcher ! déclara Paige. Ils ont le droit de savoir ce qui se passe.

— Oui, mais ils compromettent l'authenticité des traces et les indices, rétorqua Piper.

— Tiens ! J'ai l'impression d'entendre parler Daryl ! plaisanta Phoebe.

Ceux que la vue d'un cadavre n'effrayait pas se dirigeaient vers le cagibi où le corps de Craig avait été découvert. À l'autre bout de la cave, Marcia Farina piquait une crise de nerfs, réconfortée par quelques femmes qui semblaient des habituées de la Convention. Ryan Treetop était adossé contre le mur, à côté d'elle, la tête basse.

Apparemment, Treetop ne s'était souvenu de ce vieux cagibi qu'en début de matinée. Niché dans la cave, sous son bureau, cela faisait des années que plus personne n'y mettait les pieds. Ce qui était sans doute vrai, car tous les objets qui s'y trouvaient étaient recouverts d'une épaisse couche de poussière et les toiles d'araignées étaient tendues dans tous les sens. Ryan pensait que lui seul en connaissait l'existence. Le matin même, Marcia et lui étaient allés vérifier, persuadés qu'ils n'y trouveraient rien. Quelques minutes plus tard, Treetop s'était présenté à la tente de Damon, le visage aussi blanc que celui d'un cadavre.

Piper leva les yeux quand Christian sortit du cagibi. Il avait l'air fragile, comme s'il avait de la peine à tenir debout, et son regard auparavant si vif était maintenant comme éteint. Il devait avoir vu un spectacle épouvantable et passa devant les trois sœurs sans même les remarquer.

— Christian, murmura Piper. Est-ce qu'on pourrait inspecter le cadavre avant l'arrivée de la police ?

Il se retourna lentement, comme un automate. Sa

peau avait une teinte verdâtre dans la lumière glauque de la cave.

— Oui, bien sûr, balbutia-t-il. Mais je ne sais pas si vous voudrez…

Puis il s'effondra dans les bras de ses compagnons qui l'aidèrent à monter l'escalier raide. Piper se sentait désolée pour lui, mais le laissa s'éloigner. Il ne fallait pas perdre une minute. Ses sœurs et elle se retournèrent aussitôt et pénétrèrent dans la petite pièce exiguë.

— Oh, mon Dieu ! souffla Phoebe tandis que Paige fermait la porte derrière elles.

Piper se couvrit la bouche et le nez pour ne pas défaillir. Le corps de Craig, à peine éclairé par une ampoule qui pendait au plafond, portait un caleçon et un T-shirt. Il était appuyé contre le mur dans une position assise, mais ses membres étaient désarticulés et complètement mous. Sa peau pendouillait de son ossature et il n'y avait plus aucune couleur dans son corps. Il était entièrement blanc, comme s'il avait été congelé. Ou mort de peur ou…

— Je crois que quelque chose lui a retiré tout son sang, dit Paige en s'accroupissant à côté du corps tout en faisant attention de ne pas le toucher. Un vampire, par exemple ? demanda-t-elle en regardant ses sœurs.

— Je ne pense pas, répondit Piper en lui montrant une vilaine blessure sur le bras de Craig, juste au pli du coude.

— Tiens, encore une ! dit Paige en montrant l'autre bras.

— Regardez, les filles ! Il y en a deux autres au-dessus de ses genoux, ajouta Phoebe.

— Alors ce n'est pas un vampire, déclara Piper en se

relevant. Ils sucent généralement le sang de la nuque ou du cou. Ils n'ont pas l'habitude de prendre le sang directement des veines principales, comme les médecins.

Phoebe commença à se relever, perdit l'équilibre et avança la main pour se retenir. Mais, au lieu d'atteindre le sol, sa main toucha la jambe de Craig et elle s'immobilisa, les paupières fermées.

D'abord, Piper pensa qu'elle était simplement effrayée d'avoir touché le corps mort, mais ensuite elle comprit que sa sœur venait d'avoir une vision. Paige se releva à son tour et fit un pas vers Piper. Toutes deux attendaient, les yeux fixés sur Phoebe.

— Berk ! cria soudain Phoebe en sautant en l'air, loin du corps.

Elle s'essuya les mains sur ses cuisses et se tourna vers ses sœurs en tremblant.

— Qu'est-ce que tu as vu ? demanda Piper, presque effrayée de l'apprendre.

— Ils lui ont retiré le sang avec de longues aiguilles, dit Phoebe en déglutissant avec difficulté. C'était vraiment ces créatures à têtes de chacal. Je les ai vues retourner à une espèce de salle rituelle… mais vous savez… c'était bizarre. Je vous jure qu'ils étaient dans un ascenseur.

— Dans l'ascenseur d'un *hôtel* ? demanda Paige.

— Dans le penthouse, au dernier étage… Est-ce possible ? Dans la cabine de l'ascenseur, j'ai vu que le bouton P était allumé.

— Si j'étais la patronne d'un hôtel, c'est bien là que je caserais une bande de démons suceurs de sang, rétorqua ironiquement Piper.

— Je sais que c'est curieux, mais est-ce que mes visions ont déjà été fausses ? protesta Phoebe.

— Non, jamais. Il faut qu'on parle à Léo. Retournons vite à notre tente pour l'appeler, suggéra Paige.

Les sœurs quittèrent la pièce et remarquèrent que la plupart des autres Wiccas avaient pris la poudre d'escampette.

En montant l'escalier, elles croisèrent les policiers qui demandaient à ceux qui passaient si quelqu'un avait touché le corps ou déplacé quelque chose. Piper, Paige et Phoebe se glissèrent discrètement le long du mur et retournèrent à leur tente.

Dès qu'elles furent à l'intérieur, elles appelèrent en chœur :

— Lééééoooo !!!!

Il apparut immédiatement, Cole à son côté.

— Nous allions justement venir vous voir, dit Léo. On dirait que Cole a repéré vos démons dans le *Livre des Ombres*.

Phoebe se précipita vers Cole, passa les bras autour de sa taille en fermant les yeux avec bonheur. Il portait un costume marine et une chemise d'un beau bleu azur, comme s'il revenait d'un entretien d'embauche. Il avait l'air fatigué mais son expression s'illumina en voyant Phoebe dans ses bras.

— Je ne m'attendais pas à te voir, lui dit Phoebe en souriant.

— Je voulais prendre de vos nouvelles, dit-il en posant un baiser sur son front. Tout va bien ?

— Pas vraiment, répondit Phoebe. Nous venons juste de découvrir que nos démons prennent le sang de leurs victimes.

— Mais ce ne sont pas des vampires, précisa Paige. Phoebe a eu une vision où ils utilisaient des aiguilles.

— Et ils sont passés de l'enlèvement à l'assassinat. Ce qui veut peut-être dire que toutes les autres victimes sont probablement mortes… conclut Piper.

Elle pensa à Tessa et à Taryn. Que devaient-elles ressentir maintenant qu'une des victimes avait été retrouvée morte ? Elle avait envie de pleurer, mais ce n'était pas le moment. Elle devait trouver les démons qui avaient fait cela et les faire payer.

— C'est un peu tôt pour avancer ce genre de chose, dit doucement Cole en repoussant délicatement une des mèches de Piper derrière l'oreille.

— Et vous ? Qu'avez-vous trouvé ? demanda Phoebe, pressée de passer à l'action.

— Le fait que le sang ait été prélevé va dans le sens de notre théorie, dit Léo. Alors nous tenons presque nos bonshommes ! Peut-être devrais-tu téléporter le *Livre des Ombres* ici pour quelques minutes, Paige. Ainsi vous pourriez lire vous-même ce que nous avons trouvé.

Paige interrogea ses sœurs du regard. L'une des règles de base des Charmed était que le *Livre des Ombres* ne devait jamais sortir du manoir.

— C'est d'accord, dit Piper. Nous en avons besoin tout de suite.

Fermant les yeux, Paige tendit les mains.

— *Livre des Ombres !*

Une vive lumière blanche tourbillonna dans ses mains et le gros manuscrit familial se matérialisa devant elle, déjà ouvert à la page qui les intéressait.

Ils se regroupèrent immédiatement pour le lire

ensemble. Piper reconnut instantanément le dessin. Il ressemblait parfaitement à la créature au faciès de chacal de la bande vidéo qu'elles avaient vue la veille. Un frisson d'effroi parcourut son dos et elle dut se secouer pour s'en débarrasser. Quel que soit l'ennemi, ses sœurs et elle allaient faire face et le vaincre.

Piper prit le livre des mains de Paige et commença :

« Anubi : Les premières informations concernant les Anubi remontent à l'Égypte ancienne, dans le delta du Nil. C'étaient des demi-dieux, fervents admirateurs du dieu Anubis, qui décidait du destin des âmes après la mort. Après avoir trahi Anubis, les Anubi ont été exilés et condamnés à vivre une vie de simples mortels et à périr d'une mort de simples mortels ».

Piper posa le livre et leva les yeux vers Cole.

— S'ils sont devenus mortels il y a des milliers d'années, comment se fait-il qu'ils se baladent encore à Las Vegas au début du XXIe siècle alors qu'ils ne devraient plus être qu'un tas de poussière depuis longtemps ?

— Continue à lire, lui conseilla Cole en défaisant sa cravate qu'il jeta sur le lit avant de commencer à déboutonner sa chemise.

Piper prit une longue inspiration, puis se concentra de nouveau sur sa lecture :

« Des décennies après leur mise en exil, quand les Anubi ont commencé à se sentir faiblir, ils sont allés voir une sorcière pour lui demander un sortilège qui leur rendrait leur statut de demi-dieu juste avant leur mort imminente. Comme la sorcière ne pouvait pas les aider, ils l'ont tuée et avalé son sang. C'est ainsi qu'ils ont découvert qu'ils reprenaient des forces en buvant le sang des sorcières ou des sorciers. Qu'ils pouvaient vivre éternellement grâce à leur sang ».

— Ah, ça commence à prendre tournure ! déclara Paige en s'asseyant. Une tournure inquiétante, malheureusement !

Piper lut rapidement le reste de la page.

« Ils aspirent le sang et le conservent dans des bocaux pour être utilisé plus tard. Ils n'ont besoin d'en boire qu'un peu à la fois, mais font des réserves pour les futurs démons ».

— Existe-t-il un sortilège d'anéantissement ? demanda Phoebe qui commençait à faire les cent pas sous la tente. J'espère que oui, qu'on se débarrasse d'eux au plus vite !

Piper tourna les pages avec impatience.

— Eurêka ! s'exclama-t-elle en tapant sur une page. Il nous suffit de savoir à quel hôtel ils sont descendus et de mettre la main sur eux.

— Tu veux dire qu'ils sont dans un hôtel ? s'étonna Cole.

— D'après ma vision, oui, répondit Phoebe.

Piper ferma le livre et le tendit à Léo.

— Bon. On a donc affaire à de vieux démons de l'Égypte ancienne qui viennent à Las Vegas… commença Paige.

— Le climat doit parfaitement leur convenir, en tout cas ! déclara Phoebe en s'éventant avec une feuille de papier.

— … pour gagner un peu de sous au casino, continua Paige, voir un spectacle ou deux, constituer une réserve de sang…

— Mais c'est bien sûr ! s'écria Phoebe. N'y avait-il

pas un casino en forme de pyramide ? Vous vous sou-
venez ? Celui qui avait cet immense rayon laser à son
sommet ?

— Le Luxor ! s'écria Paige en se relevant comme
mue par un ressort. (Elle retira un plan de Las Vegas de
la pochette latérale de son sac et l'étala sur la table,
devant eux.) C'est là, tout au bout ! Vous savez quoi ? Je
me demande si ces Anubi ne tirent pas une partie de leur
force de cette forme pyramidale… Et je parie qu'ils
passent dans la réception sans même attirer l'attention
des clients. Les gens doivent penser qu'ils font partie du
décor. Pourquoi n'y avons-nous pas pensé plus tôt ?

— Mieux vaut tard que jamais ! déclara Piper en
prenant la carte. (L'adrénaline commençait déjà à faire
son effet et elle avait hâte d'en terminer avec ces
monstres.) Allons-y ! Sus aux chacals !

Le serviteur entra dans la cellule de son maître. Il
portait un long manteau noir qui se balançait à chaque
pas. Des bougies noires étaient posées le long des murs
et leurs flammes dansaient à son passage. Le Sérénissime était à genoux devant l'autel maculé de sang,
les yeux fermés, les mains en position de prière. Le serviteur se tint derrière lui, attendant patiemment en
silence, comme on lui avait appris à le faire.

— Tu viens déranger ma méditation pour de viles
peccadilles ? demanda Le Sérénissime, raide comme
un piquet.

— Jamais, Votre Grâce, répondit le serviteur en faisant une révérence. Uniquement pour vous apporter de
bonnes nouvelles.

Le Sérénissime baissa les mains et se leva lentement,

retirant la capuche de son visage en se retournant. Le
Mal sous sa forme la plus pure, la plus effrayante,
emplissait ses yeux.

— Parle ! ordonna-t-il.

— C'est confirmé, Ô Sérénissime, dit le serviteur en
faisant une autre révérence, les mains jointes. Elles
existent. Et elles sont ici.

— Les Charmed… murmura Le Sérénissime.

— Leur pouvoir est encore plus grand que nous ne
l'imaginions, Votre Grâce. Si nous parvenons à les capturer, notre cercle sera complet. Notre ascension attein-
dra le pouvoir suprême. Leur sang est pur et puissant.
C'est tout ce qui nous manquait pour arriver à nos fins.
Pour devenir ce que nous étions censés être.

— Tu utilises le mot *si*. As-tu quelque bonne raison
de croire que nous ne serons pas plus forts que ces…
filles ? demanda Le Sérénissime d'un ton sarcastique.

— Non, répondit prestement le serviteur, sentant
qu'une autre réponse aurait déclenché une réaction vio-
lente dont il n'avait pas envie de faire les frais. Il est
vrai qu'elles sont très puissantes, mais pour l'instant,
elles ont la tête ailleurs. Elles sont aussi très confiantes
et… naïves.

— Alors il nous sera facile de les prendre, dit Le
Sérénissime en remontant sa capuche.

Il se retourna, reprit sa position de méditation et
ajouta :

— Ce sera aussi simple que de compter jusqu'à
trois…

CHAPITRE 9

Piper sortit la première et se dirigea directement vers le parking situé devant le campement. Elle ne pensait plus qu'à une chose : il fallait absolument aller au Luxor au plus vite. Mais que feraient-elles une fois arrivées là-bas ? Elles ne pouvaient tout de même pas se rendre directement à la réception pour demander de but en blanc si une bande de démons à tête de chacal logeait là. Si les Anubi avaient installé leur QG ici, les membres du personnel n'étaient certainement pas au courant. Ou alors ils auraient déjà contacté la presse.

— Piper ! cria Léo en courant pour la rattraper. Où est-ce que tu vas ?

Il avait déjà ramené le *Livre des Ombres* au manoir mais avait préféré revenir à Las Vegas pour leur donner un coup de main, au cas où elles auraient des ennuis au Luxor.

— À la voiture, voyons ! répondit-elle quand il l'eut rattrapée. Où crois-tu que je vais ?

— Et pourquoi ne pas vous téléporter là-bas toutes les trois ? suggéra-t-il. Surtout si le temps presse !

Paige, Phoebe et Cole les rejoignirent.

— Oui, Piper. Autant utiliser les moyens dont on dispose, renchérit Paige.

— Mais on ne sait pas du tout à quel endroit de l'hôtel ils se trouvent ou même s'ils y sont vraiment ! expliqua Piper avec patience. On ne peut pas se faire téléporter dans la chambre du premier touriste venu ou en plein milieu du casino. Sans oublier que Phoebe doit préparer une incantation, chose qu'elle peut faire dans la voiture.

— Piper n'a pas tort, concéda Léo.

— C'est bien pour cela que c'est elle, l'aînée ! commenta Paige avec une légère note de sarcasme.

— Allons-y ! dit Piper en fouillant dans son sac, à la recherche des clés de la décapotable.

Le parking pratiquement complet quelques heures plus tôt était maintenant presque désert. C'était déprimant de voir cet endroit si désolé. Même si Piper avait eu des commentaires peu flatteurs sur ceux qui participaient à cette Convention, elle avait trouvé l'atmosphère plutôt conviviale et chaleureuse. Les Wiccas s'étaient enfuis, terrorisés. Pourvu que les choses rentrent rapidement dans l'ordre !

Elle ouvrit la portière et s'assit derrière le volant, suivie aussitôt de Phoebe, Cole et Paige qui s'installèrent sur la banquette arrière. Léo venait juste d'ouvrir la portière côté passager pour s'asseoir à son tour quand Piper entendit des pas qui foulaient le gravier. Elle se retourna et vit que Christian et Jasmine les rejoignaient au pas de course, essoufflés.

— Super, maugréa Piper entre ses dents. Il ne manquait plus que ça !

— Où allez-vous ? demanda Jasmine en reprenant un peu son souffle.

Elle portait son incontournable panoplie strictement noire : chemisier, jupe, collants et d'immenses bottes. Comment faisait-elle pour tenir ainsi attifée dans cette fournaise ? Elle devait faire partie de ces victimes de la mode qui faisaient passer le look avant le confort.

— Partez-vous en mission ? Allez-vous encore vous servir de vos pouvoirs ? insista Jasmine, un peu trop curieuse au goût de tout le monde.

Piper jeta un coup d'œil interrogateur à ses sœurs, espérant qu'elles viendraient à son secours. Mais personne ne pipa mot et Léo tourna même la tête, faisant semblant d'être soudain absorbé par la beauté du paysage. Le message était on ne peut plus clair : débrouille-toi !

Elle leur revaudrait ça !

— En fait… nous allions simplement… voir les tigres. Alors, salut !

— Les tigres ? demanda Christian, sceptique. D'abord vous insistez pour voir le corps de Craig et maintenant vous partez en balade pour regarder des tigres ?

Les mains sur les hanches, il semblait avoir repris ses esprits depuis la dernière fois qu'ils s'étaient croisés. Piper préférait presque le Christian hagard et inoffensif à celui qui se tenait devant elle, arrogant et vindicatif.

— Mais oui, au Mirage ! intervint Paige. Je trouve que les animaux sauvages ont un effet calmant sur les nerfs. On vous proposerait bien de nous accompagner mais, comme vous pouvez le constater, il n'y a plus de place dans la voiture, ajouta-t-elle avec un battement de cils du plus bel effet.

— Écoutez, si vous avez la moindre piste concernant le meurtrier de Craig, je veux venir avec vous ! dit Christian. Vous ne pouvez pas me laisser en dehors de ça !

— Christian… commença Piper.

Mais avant qu'elle puisse formuler une phrase, Jasmine s'approcha de Léo et posa la main sur son bras en le dévorant des yeux.

— D'où est-ce que tu viens, toi ? demanda-t-elle en rejetant ses boucles en arrière d'un geste sensuel. As-tu aussi des pouvoirs particuliers ?

— Bon, ça suffit ! intervint Piper. Assieds-toi, Léo !

Il s'installa rapidement sur le siège passager et ferma la portière. Puis, avant que Christian et Jasmine puissent réagir, Piper les figea sur place.

— Tu n'avais pas besoin de faire ça ! la gronda Paige.

— Oh, que si ! répondit Piper en démarrant.

Juste avant d'atteindre le chemin de terre, elle leva la main et claqua les doigts en direction de Jasmine et de Christian afin que personne ne les trouve dans cet état.

— Hé ! cria Jasmine quelques secondes plus tard, quand elle retrouva sa voix. Vous ne pouvez pas nous faire ça ! Revenez ici !

Piper fit un effort pour ne pas rire. *Ça t'apprendra à t'intéresser à mon homme ! Et à retarder les Charmed dans leur mission, bien sûr.*

À l'instant où Piper entrait au Luxor, elle fut frappée par l'immensité des lieux. Cet endroit était fabuleux ! Pourvu que Phoebe ait eu raison en disant que les

Anubi étaient installés dans le penthouse, au dernier étage, car s'ils se cachaient ailleurs dans ce bâtiment monstrueux, elles mettraient une éternité à les retrouver. Et elles n'avaient pas de temps à perdre. Certaines des victimes des enlèvements pouvaient être encore en vie et plus le temps passait, plus les chances de retrouver vivants les Wiccas disparus s'amenuisaient.

— Mais où sont les ascenseurs, bon sang ? demanda Phoebe, un peu désorientée par ces volumes inattendus.

Il y avait des gens partout : à la réception, dans le hall, dans le casino. Les bruits typiques des casinos avec leurs sonneries et les cris d'enthousiasme venaient s'ajouter à la rumeur inhérente aux halls des grands hôtels et donnaient une impression générale de fourmilière assourdissante. Même le décor chargé de l'hôtel était envahissant. Partout où Piper posait les yeux, se dressait un sphinx ou une statue de Ramsès dorée.

— Hé ! C'est par là ! Ils doivent être au bout de ce couloir ! s'exclama Paige en indiquant de petites flèches sur les murs.

— O.K. Allons-y ! dit Piper.

Quand ils se dirigèrent vers les ascenseurs, elle eut l'impression que quelqu'un l'appelait, mais ce devait être une illusion. Il y avait un tel vacarme ! Puis elle sentit une main sur son dos et se retourna. Son cœur s'arrêta de battre un instant. Taryn et Tessa se tenaient juste devant elle.

— Salut ! dit Tessa en prenant une longue inspiration. Désolée, si je t'ai fait peur.

Une fois de plus, les deux filles portaient du noir de la tête aux pieds. Avec leurs coupes stylisées, on aurait dit des mannequins. Mais sans doute n'essayaient-elles pas de se donner des allures de gravures de mode. Elles portaient simplement du noir en signe de deuil parce qu'elles devaient se douter maintenant que leur sœur était morte.

— Qu'est-ce que vous faites ici ? demanda Piper.

— Eh bien, on vous a suivies, dit Tessa avec un sourire contrit. Nous savons que Christian vous a permis de regarder le corps et nous avons pensé que vous aviez trouvé quelque chose au sujet de ce qui est arrivé à Tina.

Le cœur de Piper se serra et elle se tourna vers ses sœurs. Comment annoncer à ces gamines que leur sœur était probablement morte dans d'abominables douleurs, que son sang avait été récupéré par une bande de démons ? Pouvaient-elles seulement concevoir l'existence de choses telles que des démons ?

— Écoute, Piper, intervint Taryn. Nous nous rendons compte que Tina est probablement morte et nous devons vivre avec cette idée. Mais si vous êtes à la poursuite de l'assassin, nous voulons nous joindre à vous. Je veux voir la personne qui a fait ça à notre sœur.

L'expression dans ses yeux bleu acier était si déterminée que Piper n'imagina pas un instant décliner son offre. En regardant ses sœurs, elle comprit qu'elles étaient de son avis. Il était temps de révéler quelques secrets à Tessa et à Taryn. Mais révéler ces secrets allait entraîner un certain nombre d'explications délicates.

— Très bien. Mais il faut que je vous prévienne qu'il ne s'agit peut-être pas d'un humain, commença

Piper en entraînant le groupe vers le mur le plus proche.

— Tu peux répéter ça ? demanda Tessa, intriguée.

— C'est difficile à expliquer, mais en fait, les démons existent réellement et nous pensons que certains d'entre eux sont peut-être responsables des enlèvements, dit Phoebe. Et également de la mort de Craig.

— Les démons sont réels… répéta Taryn d'une voix blanche.

Piper retenait sa respiration pendant que Taryn et Tessa échangeaient un regard sceptique. Puis Taryn fixa Piper droit dans les yeux, l'expression déterminée, la mâchoire volontaire.

— Très bien. Alors, allons chercher ces démons !

Piper faillit sourire, tant elle était impressionnée par l'aisance avec laquelle les filles avaient accepté la brève explication de Phoebe. Cela demandait une grande ouverture d'esprit qu'elle n'avait encore jamais rencontrée jusque-là. Mais en même temps, son esprit protestait vivement. Impossible d'entraîner ces innocentes dans une bataille. Impossible de les mettre en danger simplement parce qu'elles voulaient absolument venir. Mais comment ignorer leur demande ? Si quelque chose avait causé la disparition d'une de ses sœurs, elle aussi aurait voulu participer à la recherche du coupable. Rien n'aurait pu l'en empêcher.

— C'est entendu, dit Piper. Mais il faut que vous restiez derrière nous, une fois que nous les aurons trouvés. Nous ignorons ce qui va se passer, ajouta-t-elle en les entraînant vers l'ascenseur.

— D'accord, répondit Tessa en lui emboîtant le pas. Pas de problème.

Piper appuya sur le bouton d'appel de l'ascenseur et recula pour attendre, évitant le regard de Cole et de Léo. Elle savait qu'ils n'approuveraient pas le fait qu'elle ait autorisé Taryn et Tessa à les suivre, mais il était trop tard, maintenant.

— Je ne pense pas que ce soit une bonne idée, déclara Cole d'une voix calme en se postant devant Piper. Comment allons-nous pouvoir nous concentrer sur l'élimination de ces créatures tout en protégeant ces deux filles ?

— Cole, cela est important pour elles ! protesta Piper.

Puis, se tournant vers Léo, elle ajouta :

— Si la situation se gâte, là-haut, je veux que tu les prennes et que tu les téléportes hors d'ici. D'accord ?

— D'accord, répondit Léo à contrecœur.

Les portes de l'ascenseur s'ouvrirent enfin et tout ce petit monde entra.

Piper appuya sur le bouton du penthouse.

— Eh bien, c'est parti !

— Ça doit être là, dit Phoebe en sortant de la cabine au dernier étage.

Il n'y avait que deux portes le long du couloir. L'une sur la gauche marquée d'un P1 et l'autre, sur la droite, marquée d'un P2.

— C'est trop calme, ici. Et beaucoup trop chaud ! ajouta-t-elle.

Piper ravala son excitation en suivant sa sœur le long du couloir. Les lumières émanant des appliques murales avaient été baissées et l'air conditionné de l'étage arrêté. La chaleur était étouffante et Piper avait de la peine à trouver son souffle.

— Attendez une seconde, chuchota Paige en s'arrêtant. Vous avez entendu ça ?

Tout le monde se figea et Piper tendit l'oreille vers la porte, sur la droite. Il lui fallut quelques instants avant d'entendre une espèce de mélopée rituelle. Le ton extrêmement grave des voix lui donna la chair de poule jusqu'au bout des doigts de pied. C'était comme si les voix roulaient à travers son cœur et ses poumons.

— Ça doit être ici, murmura-t-elle.

Elle sentit une poussée d'adrénaline, celle qui la submergeait chaque fois que ses sœurs et elle s'apprêtaient à livrer un combat.

— Vous deux, vous restez derrière nous, c'est compris ? ordonna-t-elle à Tessa et à Taryn qui étaient blanches comme des fantômes.

Elles acquiescèrent en silence et Piper se demanda si elles respiraient encore. Elles avaient l'air pétrifiées et, pour la dixième fois depuis les cinq dernières minutes, elle regretta de les avoir autorisées à venir. Mais il était trop tard pour revenir en arrière, maintenant.

— O.K. Je compte jusqu'à trois… dit-elle, la main sur la poignée. Un… deux… trois !

Elle ouvrit brusquement la porte, bien décidée à figer la pièce pour se donner le temps d'évaluer la situation. Mais à l'instant où elle vit les Anubi, elle fut paralysée de stupeur. Ils étaient trois, comme sur la vidéo, et chacun mesurait au moins deux mètres cinquante. Ils la dominaient de leur silhouette imposante qui emplissait presque toute la pièce. Sur le sol avait été tracé un cercle dans lequel s'inscrivait une pyramide. Les Anubi se

tenaient autour du symbole. Tous les meubles avaient
été poussés contre les murs et les tableaux avaient été
retirés, remplacés par des masques de dieux égyptiens.
À l'instant où Piper avait ouvert la porte, les trois
visages de chacal s'étaient tournés vers les intrus.

— Qui ose entrer ici ? gronda l'un d'eux d'une voix
caverneuse, irréelle.

Ses yeux brûlaient comme de la braise et il tendit
brutalement son bras. Le pensant armé, Piper se protégea. Mais, avant que le monstre puisse se servir d'un
quelconque pouvoir, Phoebe sauta en l'air, y flotta un
quart de seconde, puis envoya un coup de pied redoutable dans la gueule de l'Anubi. La tête du démon se
porta légèrement sur le côté, mais sans plus.

Phoebe redescendit sur le sol et se massa le pied
douloureux.

— Phoebe ! s'écria Cole en se précipitant vers elle.

— Ils ont la tête très dure ! dit Phoebe à ses sœurs.
Très très dure !

— Ah, c'est ça que tu peux faire ! s'exclama Tessa,
tellement impressionnée qu'elle semblait oublier que
la situation était on ne peut plus périlleuse. Tu sais
voler !

— Pas vraiment, mais ce n'est pas le plus important,
pour l'instant, déclara Paige tandis qu'un Anubi s'ap-
prochait d'eux à grands pas. Phoebe ! Le sortilège !
Vite !

Cole aida Phoebe à se redresser et elle se dirigeait
vers ses sœurs quand un Anubi lui balança soudain un
coup à travers la figure, l'envoyant à l'opposé de la
pièce. Elle tenta de se relever, mais l'un des masques
dorés se décrocha du mur et tomba sur elle. Cole laissa

échapper une longue plainte gutturale et assena un coup de poing à l'Anubi, mais celui-ci l'envoya également contre un mur. Piper allait se précipiter au secours de Phoebe et de Cole, mais l'Anubi lui bloqua le passage. Du coin de l'œil, elle vit que Léo poussait Tessa et Taryn un peu plus loin et se postait devant elles pour les protéger. Pendant ce temps, Cole rampa jusqu'à Phoebe pour lui venir en aide.

Soudain, l'un des Anubi se tourna vers Paige et leva ses paumes. Une boule d'énergie orange apparut en suspension devant sa main. La créature la poussa en direction de la tête de Paige et elle flotta à travers l'air. Paige poussa un hurlement et fut immédiatement enveloppée dans sa propre lumière blanche. La boule d'énergie continua sur sa trajectoire, traversa l'endroit où Paige se trouvait une seconde plus tôt, et vint exploser contre le mur, brisant un miroir et brûlant le papier peint.

Piper entendit Tessa crier et comprit que les deux gamines et Léo avaient été touchés par les éclats du miroir. Leurs mains et leurs visages étaient recouverts d'égratignures et de coupures qui saignaient abondamment.

— Léo ! cria-t-elle. Ça devient beaucoup trop dangereux, ici !

— Compris !

Il se téléporta avec les deux filles hors de la pièce malgré leurs protestations. Piper trouvait leur détermination admirable. Personnellement, elle aurait préféré sortir d'ici au plus vite. Au moins étaient-elles en sécurité, maintenant. Léo s'occuperait de leurs blessures et les tiendrait écartées du danger.

Soudain, Paige réapparut de l'autre côté de la pièce et les Anubi se précipitèrent vers elle, leurs yeux brillant d'une rage démoniaque.

— Sorcière ! s'écrièrent-ils en chœur.

Leurs voix puissantes faisaient vibrer les murs.

— Bon, on dirait qu'ils commencent à s'énerver ! dit Paige, terrifiée.

L'un des Anubi tira une longue aiguille de sous son manteau et avança vers Paige. Un autre apporta un bocal en or. Quand Piper comprit ce qu'ils avaient l'intention de faire, elle crut défaillir. Au même instant, Phoebe commençait à reprendre connaissance dans les bras de Cole.

— Piper ! cria Phoebe. Fais quelque chose !

Piper tendit aussitôt ses mains en direction de l'Anubi qui explosa instantanément avant de disparaître dans un éclair de lumière rouge. Paige laissa échapper un cri et se protégea le visage de la chaleur et de l'intense lumière provoquées par l'explosion. Le monstre avait disparu, ne laissant derrière lui qu'une légère odeur de brûlé.

D'abord, personne ne bougea, dans la pièce. Puis les deux Anubi se tournèrent vers Piper, perplexes.

— Tu vas payer pour ça, sorcière ! dit l'un d'entre eux.

— Ça m'étonnerait ! Finalement, on n'aura pas besoin du sortilège d'anéantissement, Phoebe.

Elle avança de nouveau sa main et détruisit le second Anubi. Le troisième poussa un hurlement terrifiant, assourdissant. Piper s'apprêtait à en terminer avec lui aussi quand Phoebe s'élança dans l'air et retint son bras.

— Euh… si on se gardait celui-ci pour l'interrogatoire ?

La porte derrière Piper s'ouvrit pour laisser entrer Léo, Tessa et Taryn.

— C'était quoi, ce hurlement ? demanda Léo.

— Un démon qui comprend qu'il est seul au monde, répondit Piper.

— Dis tes prières, sorcière ! lui lança le troisième Anubi.

— Ces types adorent les phrases qui tuent ! commenta Paige avec un sourire ironique.

L'Anubi retira sa main et une boule orange apparut.

— Boule d'énergie ! cria Paige.

Et soudain la boule redoutable était dans sa main. Paniqué, l'Anubi poussa un hurlement et Phoebe profita de ce moment de surprise pour lui envoyer un violent coup de pied au ventre. À son contact, elle fit une grimace de douleur, mais l'Anubi se plia en deux. Alors elle sauta sur lui, le collant pratiquement au sol.

— Superplaquage, dit Piper.

— C'est la seule solution que j'ai trouvée, répondit Phoebe en se tortillant pour le maintenir au sol. Eh, les garçons ! Vous pourriez me donner un coup de main ? demanda-t-elle à Cole et à Léo.

Ils se jetèrent au sol et aidèrent Phoebe à immobiliser le démon. Il se ruait et se cabrait sous leur poids, essayant de leur échapper.

— Oh, non, mon vieux ! Tu n'iras nulle part ! dit Paige au démon Anubi en le menaçant avec sa propre boule de feu. Pas avant que tu nous aies avoué ce que vous avez fait avec tous ces Wiccas que vous avez kidnappés.

L'Anubi laissa échapper un rire cruel qui donna la chair de poule à Piper.

— Les Wiccas ? Ils sont tous morts ! Mais on a encore leur sang, si ça vous intéresse, dit-il en désignant une rangée de bocaux alignés sur le rebord de la fenêtre.

Piper sentit son cœur défaillir. Si chacun de ces vingt bocaux contenait le sang d'un sorcier différent, il y avait eu beaucoup plus de victimes que prévu.

Les jambes chancelantes, elle se tourna vers Tessa et Taryn, qui se tenaient toujours blotties l'une contre l'autre, près de la porte.

— Ça veut dire que… que Tina est…

Taryn avança d'un pas et s'effondra, évanouie. Aussitôt, Tessa se jeta sur le sol, à côté de sa sœur, et éclata en sanglots.

Bouillant d'une rage meurtrière, Piper se dirigea lentement vers l'Anubi, leva la main et, après avoir laissé juste assez de temps à Phoebe, Cole et Léo pour s'éloigner de lui, elle le désintégra.

CHAPITRE 10

Le temps que Piper, Phoebe, Paige, Taryn et Tessa soient revenues au campement, Piper avait l'impression d'avoir bataillé contre une dizaine de démons sur un ring de catch. Elle était épuisée par le combat, mais aussi par tous les chamboulements de ces derniers jours. Elle s'était rendue dans une cabine téléphonique du Luxor pour donner des renseignements anonymes et annoncer que les kidnappeurs de Wiccas avaient été trouvés. Piper était certaine que le sang contenu dans les bocaux correspondait à celui des Wiccas disparus. Difficile d'imaginer la réaction des policiers quand ils découvriraient la scène du crime plutôt bizarre et le manque d'empreintes digitales…

Durant le retour en voiture, tout le monde était silencieux. On pouvait parfois entendre les sanglots de Taryn et de Tessa, qui s'étaient blotties l'une contre l'autre sur la banquette arrière, à côté d'une Phoebe éreintée et couverte de bleus.

Quand Piper passa devant les voitures de police garées au bord du chemin menant au campement, elle remarqua que deux policiers parlaient dans leurs radios d'un air furibond.

— Ils sont en train d'apprendre la nouvelle à l'instant ! dit Piper.

— Voilà une bonne chose de faite ! ajouta Paige.

Piper soupira tristement en allant garer la voiture sur le parking. Léo s'était déjà téléporté avec Cole jusqu'au manoir pour vérifier si tout y était en ordre avant d'apporter les nouvelles de leur victoire aux Sages. Elle regrettait que Léo soit parti si vite car un gros câlin plein de tendresse lui aurait fait le plus grand bien en ce moment.

— Dites, les cocos... on est arrivées, annonça-t-elle. Mais si vous voulez rester dans la voiture...

— Non, non, ça ira, répondit Tessa en se redressant. Il faudra de toute façon qu'on sorte de cette voiture un jour ou l'autre.

Tessa s'extirpa péniblement du cabriolet et aida sa sœur à en faire autant. Chaque mouvement semblait lui demander un effort surhumain et ses membres pendaient lamentablement, comme si elle était évanouie. Cette pauvre gamine allait-elle un jour se remettre de ce choc ?

Il ne restait plus que quelques rares voitures sur le parking et le ciel commençait à se couvrir. La température était moins pénible maintenant et une légère brise soufflait par rafales.

— Ils sont tous partis, déclara Tessa en plissant ses yeux gonflés de larmes. Cet endroit est devenu sinistre.

— On ferait bien de retrouver ceux qui sont restés pour leur annoncer la bonne nouvelle, dit Paige. Euh... je voulais dire... leur annoncer qu'il n'y aura pas d'autre enlèvement, rectifia-t-elle en rougissant devant les mines défaites des deux sœurs.

— Ne t'inquiète pas, Paige, dit Tessa. On comprend ce que tu veux dire. Ne t'en fais pas. Vraiment.

Paige sourit, désolée de s'être montrée si maladroite. Piper la prit par l'épaule.

— En fait, je pense que nous devrions laisser la police se charger de le leur annoncer. Sinon nous risquons de devoir répondre à des milliers de questions.

— Très juste, répondit Paige.

— À ce propos, commença lentement Phoebe en s'adressant à Tessa et à Taryn, il serait peut-être préférable que vous deux ne disiez à personne ce que vous avez vu aujourd'hui. Jamais.

— Promis, nous n'en parlerons à personne, répondit Tessa. Sans vous, nous n'aurions sans doute jamais appris ce qui est arrivé à Tina. Maintenant que nous sommes au courant, peut-être pourrons-nous reprendre nos vies là où nous les avons laissées.

Le petit groupe se dirigea lentement vers le réfectoire. Depuis que Craig avait été découvert ce matin-là, le bâtiment était devenu une espèce de cellule de crise. Les convents se retrouvaient là, à la fois pour se remonter le moral et pour se sentir plus en sécurité. Personne n'avait envie de rester seul sous sa tente.

Quand Phoebe ouvrit la porte, une trentaine de visages se tournèrent vers elle, troublés. Le convent de Jasmine était assis à la table la plus proche, en train de jouer avec des cartes de tarot. Le convent de Christian s'était installé un peu plus loin. Le groupe des femmes habillées tout en blanc était également présent et Marcia Farina s'était jointe à elles. Extrêmement pâle, elle tenait une tasse de thé qu'elle buvait à petites gorgées.

Piper entraîna son petit monde vers la table la plus proche où ils s'installèrent en silence. Christian et Jasmine se levèrent pour s'approcher mais, à cet instant, la porte s'ouvrit une fois de plus.

Un policier jeune et mince entra et s'éclaircit la gorge avec une certaine timidité. Tout le monde se tourna vers lui et un mélange de peur et d'espoir emplissait l'atmosphère.

— On dirait qu'ils ont retrouvé les kidnappeurs, annonça-t-il. Nous avons reçu un renseignement anonyme et quand nos enquêteurs sont arrivés sur les lieux, ils ont découvert de nouveaux cadavres.

À ces mots, il se tourna vers Christian.

— Apparemment, ils étaient dans le même état que votre ami, ajouta-t-il.

— Ont-ils attrapé les types qui ont fait ça ? demanda Christian.

— Ils ont des raisons de croire que les coupables sont morts, répondit l'officier en faisant un pas en arrière vers la sortie. Ce sont les seules informations que je puisse vous donner pour l'instant.

— C'est du bidon ! cria Christian, les veines du front gonflées. Qu'est-ce que ça veut dire « ils ont des raisons de croire » ? Je veux savoir…

— Christian ! l'interrompit fermement Phoebe. Calme-toi, s'il te plaît.

Elle le regarda intensément et il sembla comprendre qu'elle avait quelque chose à lui communiquer. Il baissa la tête et prit une longue inspiration.

— Désolé, monsieur, dit-il plus calmement. Je dois être un peu énervé par tout ça.

— Ne vous en faites pas, c'est tout à fait compréhensible, répondit le policier, soulagé d'échapper à une confrontation. Le chef m'a demandé de vous dire qu'il pense que vous n'avez plus rien à craindre.

Un soupir de soulagement courut dans l'assemblée et Piper remarqua que Marcia posait la tête sur son bras replié. Elle devait être à bout de nerfs.

— Vous voyez ? Maintenant, nous pouvons tous nous détendre, dit Ryan Treetop de son coin habituel. Que tout le monde s'amuse et reprenne une vie normale !

Dès que le policier fut sorti, Christian et Jasmine se précipitèrent au bout de la table.

— Pour commencer, tu ne peux pas juste figer les gens et t'en sortir sans t'expliquer ! commença Jasmine sur un ton venimeux.

— Oublie ça ! intervint Christian. Dites-nous plutôt où vous êtes allées quand vous nous avez laissés plantés ici ?

— Nous nous sommes occupées des assassins, répondit simplement Piper. Il ne vous reste plus qu'à nous remercier.

Elle se leva, bien décidée à passer devant lui. Il était hors de question qu'elle se laisse harceler par ce type après ce qu'elle venait d'endurer avec ces démons. Elle avait rendu un fier service à cette bande de Wiccas et méritait bien qu'on lui fiche la paix.

— Et qui était-ce ? insista Christian en avançant d'un pas pour barrer le passage à Piper.

Phoebe et Paige se levèrent à leur tour, pour assurer ses arrières. Piper était contente de sentir leur force juste derrière elle.

— Écoutez : si nous vous disons la vérité, vous n'allez pas nous croire. Alors pouvez-vous simplement accepter le fait que les types qui ont tué Craig, et plein d'autres personnes, sont morts ? Laissez tomber cette histoire !

— Alors… toutes les autres victimes des enlèvements sont… mortes, elles aussi ? demanda Jasmine en fronçant les sourcils.

Piper prit soudain conscience de la présence des deux sœurs qui, par on ne sait quel miracle, semblaient avoir complètement repris le dessus. Elles étaient installées au bout de la table.

— On dirait, oui, dit calmement Piper. Maintenant, nous aimerions vraiment retourner à notre tente. Si tu veux bien nous laisser passer.

— Pas avant de…

— Christian, s'il te plaît… on a tous eu une rude journée, intervint soudain Tessa d'un air las. Nous pourrons en reparler plus tard.

Tout le monde se retourna, surpris qu'elle ait envie de s'impliquer dans cette discussion avec tout ce qu'elle venait d'endurer. Mais sa demande sembla toucher Christian qui fit un pas de côté pour les laisser passer.

Une forte bourrasque accueillit les trois sœurs à la sortie du réfectoire et elles coururent jusqu'à leur tente. Piper se laissa immédiatement tomber sur son lit de camp.

— Au moins, c'est terminé ! dit-elle en retirant son sac de sous le lit pour fourrager dans ses affaires, qu'elle poussa sur le côté pour dégager un peu de place.

— Mais qu'est-ce que tu fais ? demanda Phoebe, intriguée par son manège.

— Mes bagages ! répondit Piper en pliant un T-shirt. Nous avons fait ce que nous étions venues faire. Maintenant, nous pouvons rentrer chez nous.

Elle vit que Phoebe et Paige échangeaient un regard surpris, mais préféra l'ignorer et continua à plier ses vêtements accrochés n'importe comment dans la pièce. Il était hors de question qu'elle laisse ses jeunes sœurs la persuader de rester dans ce campement infernal. Hors de question !

— Allez, Piper ! dit Paige en lui arrachant un T-shirt des mains. Maintenant que nous avons mis les kidnappeurs hors jeu, nous pouvons enfin prendre de vraies vacances !

— Paige, je n'appelle pas ça des vacances ! Cet endroit est un asile psychiatrique ! D'ailleurs, la plupart des fous sont déjà partis. Il ne reste plus assez de Wiccas pour jouer aux Wiccas avec eux !

— Je parie que certains d'entre eux vont revenir, maintenant que nous avons éliminé les Anubi, plaida Phoebe. Les nouvelles vont vite, non ? Et ils ne voudront pas louper la cérémonie. C'est vraiment très important.

— Pour eux, peut-être. Pas pour nous, tout de même ! rétorqua Piper non sans une pointe de sarcasme.

Phoebe détourna les yeux et se mordit la lèvre inférieure.

— C'est pas possible, Phoebe ! Ne me dis pas que tu es entrée à fond là-dedans ! s'exclama Piper en jetant un jean dans son sac.

— J'ai tout de même mis pas mal de temps et

d'énergie dans la rédaction de notre message pour cette fichue cérémonie, pleurnicha Phoebe. Je refuse de partir avant qu'il ait été lu !

— On est à deux contre un, Piper ! dit Paige en venant se planter à côté de Phoebe, les bras croisés. Qu'est-ce que tu en dis ?

Piper considéra un instant ses sœurs, espérant que l'une d'elles au moins montrerait des signes de faiblesse, d'incertitude. Mais rien ! Elles étaient déterminées à rester jusqu'au bout de cette Convention.

— Bon, c'est d'accord. Mais pour les prochaines vacances, nous irons à Aruba ! déclara-t-elle avec fermeté.

Elle envoya son sac sous le lit d'un coup de pied dépité et s'allongea.

Ravies, Phoebe et Paige se mirent immédiatement à s'interroger sur ce qu'elles allaient porter pour la cérémonie.

Oh, pitié ! pensa Piper. *Si j'arrive à passer cette soirée sans me tordre de rire, ce sera un miracle !*

Ce soir-là, assise en cercle autour du feu de bois avec le reste des convents, Paige ressentait un sentiment profond de joie et de paix. Les nuages avaient disparu et le ciel noir était empli de millions d'étoiles scintillantes. Le vent s'était calmé, et seule une petite brise légère faisait danser les fleurs dans les vases, sur l'autel. Certains des convents qui avaient fui étaient revenus et tout le monde avait fait un effort pour s'habiller de façon recherchée. La plupart des femmes portaient des fleurs dans les cheveux et certains hommes arboraient fièrement des casques avec des cornes. Même le convent de

Jasmine avait fait l'effort de mettre quelques taches de couleur en l'honneur du solstice d'été : foulards pourpre et rouge et bijoux en verroterie multicolore.

Paige avait choisi un petit caraco paysan au décolleté généreux et tissé des fleurs blanches et jaunes dans ses tresses. Phoebe avait également égayé sa chevelure de quelques fleurs et elles avaient eu un mal fou à persuader Piper d'en faire autant. Leur sœur avait fini par accepter, à condition de rester en jean.

Paige se pencha vers l'oreille de Piper.

— C'est tellement cool.

— Euh… oui. Ça sert à quoi, déjà ?

Paige leva les yeux au ciel d'un air exaspéré.

— Nous renouvelons notre fidélité à la règle Wicca et à la Déesse, répondit-elle. Et si tu rigoles, je te botte le derrière !

Piper se contenta de sourire et se redressa, tournant son attention vers Marcia.

Marcia lisait le Rituel de Renouvellement de la foi devant l'autel décoré de tissu blanc et de chandelles jaunes. Chaque convent avait écrit son propre message, mais l'ensemble se suivait avec une telle fluidité qu'on aurait pu penser qu'ils émanaient tous d'un même auteur. Pour la première fois depuis que Paige l'avait rencontrée, Marcia avait l'air calme, voire un peu fatiguée. Sur sa tête, elle avait posé une couronne dont les rubans dégringolaient sur ses épaules et sur sa jolie robe blanche à fines bretelles. Sa voix était posée et rassurante et Paige était ravie qu'elle et ses sœurs soient restées pour assister à cette cérémonie. Cette nuit magique, elle s'en souviendrait toute sa vie.

— Je commence à être fatiguée, souffla Piper dans

un énorme bâillement. Tu crois que ça va bientôt être fini ?

— Attends, Piper ! gronda Phoebe en secouant sa sœur par le bras. Je crois qu'on arrive bientôt au passage que j'ai écrit.

— Et n'oublie pas qu'après cela, nous aurons des gâteaux et de la bière, renchérit Paige avec un mouvement de sourcil prometteur.

— Ah oui ? Alors je vais faire un petit effort pour rester jusqu'au bout.

À cet instant, Phoebe leur donna une petite tape sur la cuisse pour attirer leur attention sur des choses un peu plus spirituelles.

— Voilà ! C'est ma partie ! Écoutez, les filles !

Vénérable Dame, en cette nuit nous te remercions
Pour ceux qui sont entrés dans nos vies par ton amour,
Pour ceux qui partagent ta sagesse et ta lumière,
Pour les fruits de ta force et de ta puissance.
Pour que la paix règne enfin autour de nous et en nous.

— Et voilà ! C'était mon passage ! murmura Phoebe avec un sourire béat pendant que Marcia continuait à lire.

— Phoebe, je suis vraiment impressionnée ! déclara Piper une fois que Marcia eut fini sa lecture. Tu as un vrai don pour ce genre de truc.

— Je te remercie, répondit Phoebe en rougissant de plaisir.

— Et ce passage sur la paix, intervint Paige. Tu

savais qu'on allait attraper ces démons avant ce soir, n'est-ce pas ?

— Du moins je l'espérais, répondit humblement Phoebe.

Marcia s'éloigna de l'autel et leva ses paumes vers le ciel. Elle tourna son visage vers les étoiles et ferma les yeux.

— Accepte nos paroles de dévotion en cette nuit bénie. Encore une fois, nous te dédions notre foi et notre vie. Que ton pouvoir vive en nous et par nous durant cette nouvelle année.

— Qu'il en soit ainsi ! s'exclama Paige à l'unisson avec la foule, en se relevant en même temps que les autres convents.

Piper et Phoebe riaient tandis que tout le monde se mettait à s'embrasser et à danser. Un petit groupe du convent des hippies, qui était revenu en fin d'après-midi, entama un numéro de ménestrel. Piper et Phoebe se levèrent à leur tour et Paige les prit par la main pour les entraîner dans une ronde. Phoebe rit et même Piper ne put se retenir d'en faire autant, contaminée par la bonne humeur générale.

— Les gâteaux et la bière ! cria quelqu'un.

Paige se retourna et vit Christian et son convent en train de sortir des tables couvertes de fruits et de gâteaux terriblement appétissants. On commença à faire passer des verres et bientôt les boissons coulaient à flots.

Affamées et gourmandes, les trois sœurs se préparèrent des assiettes tout en se demandant si elles n'avaient pas les yeux plus grands que le ventre.

— Tiens, je n'ai pas vu Tessa, ni Taryn d'ailleurs ! fit remarquer Paige.

— Oui, elles sont parties il y a quelques heures. Tessa disait qu'elles étaient épuisées et qu'elles préféraient rentrer.

— J'espère qu'elles vont se sentir mieux, intervint Phoebe. Elles me faisaient de la peine, cet après-midi. Je me demandais même si Taryn surmonterait son choc quand elle a appris que toutes les victimes avaient été tuées.

— C'est vrai, cela prendra sans doute du temps, mais elles finiront par s'en remettre, dit Piper. Je pense que nous devrions nous amuser au maximum ce soir et oublier tout cela.

— Salut, les filles ! cria une voix à quelques pas d'elles.

Paige se retourna et aperçut Jasmine qui se dirigeait vers elles, toutes boucles au vent. Elle avait posé une légère poussière d'un pourpre argenté sur ses joues et dessiné une étoile juste au coin de l'œil droit. Paige ne l'avait jamais vue aussi jolie.

— Tu es superbe ! s'écria Paige. Tu devrais mettre autre chose que du noir plus souvent, ça te va terriblement bien !

— Oh, merci… répondit Jasmine, l'œil brillant. Tu as déjà essayé ce pain aux raisins ? Il est superbon !

— Pas encore !

Paige chercha des yeux ses sœurs, dans l'espoir de pouvoir échapper avec tact à cette conversation, mais Piper et Phoebe s'étaient approchées du feu de bois. Pourvu que Jasmine n'aborde pas le sujet de leurs pouvoirs magiques et qu'elle n'en veuille plus à Piper de l'avoir figée ! Ce n'était pas le moment d'ébruiter ce genre de chose.

— Alors, tu as aimé la cérémonie ? demanda Jasmine en mordant dans son gâteau.

— Oui, c'était très sympa. Et toi ? Qu'est-ce que tu en penses ? Je suppose que c'était mieux les fois précédentes, sans toutes ces histoires…

— Non, non, j'ai trouvé ça très réussi ! Je dois dire que je suis même impressionnée, car je m'attendais à ce que ce soit un peu bancal et désorganisé, mais Marcia connaît son boulot. Je prends ces rituels très au sérieux et il est difficile de m'impressionner.

— Ah bon ? répondit simplement Paige avec un petit sourire.

Parfois, l'ego de Jasmine devenait un peu encombrant, mais au moins cela leur permettait de parler d'autre chose que de ce qui s'était passé auparavant.

— Bon, je sais que vous n'êtes pas allées voir les tigres, cet après-midi, commença Jasmine avec un sourire entendu dans les yeux.

Paige se botta mentalement les fesses. Elle aurait dû se méfier.

— Qu'est-ce que Tessa et Taryn t'ont raconté ? demanda Paige en s'éloignant de quelques pas afin que la foule ne profite pas de leur conversation.

— Pas grand-chose. Seulement que vous avez trouvé les kidnappeurs et que vous vous êtes occupés d'eux, répondit Jasmine avec un haussement d'épaules. Ne t'en fais pas, Paige. Ton secret est en sécurité avec moi. Je détiens des pouvoirs moi aussi, tu sais. Quand on en a, on aime s'en servir, c'est normal.

Paige acquiesça d'un air pensif. Voilà encore Jasmine en train de frimer avec ses pouvoirs ! S'agissait-il des vilains tours qu'elle et ses amies avaient joués à la

petite prétentieuse de la boîte de nuit ? Détenait-elle
des pouvoirs dignes d'intérêt ?

— Quel genre de pouvoir, exactement ? demanda
Paige d'un air détaché. Quelque chose de cool ?

— Oh, ça n'a rien à voir avec ce que vous savez
faire, c'est évident ! Non, vous trois, vous êtes vraiment spéciales…

Paige aperçut ses sœurs qui commençaient à danser
avec les hippies, leur fit signe, puis reprit sa conversation avec Jasmine. Elle était plutôt surprise : c'était la
première fois depuis qu'elles s'étaient rencontrées que
celle-ci se montrait presque humble.

— Je te les montrerais volontiers, mais je ne voudrais pas effrayer cette bande de ringards. Tu comprends ce que je veux dire… ajouta-t-elle d'un air de
conspirateur.

— Oui, bien sûr, répondit Paige en s'efforçant de ne
pas se moquer d'elle.

— Mais ne t'inquiète pas. J'aiguise mes pouvoirs,
pour l'instant, mais je te montrerai ce que je peux faire,
dit Jasmine en prenant une gorgée dans son verre. En
temps voulu.

Sans qu'elle sache pourquoi, un frisson parcourut les
bras de Paige. Que voulait-elle dire ? Peut-être était-
elle très puissante ? Elle voulut sonder son regard, mais
n'y vit qu'une fugace lueur maléfique, qui disparut très
vite. Paige s'éclaircit la gorge et détourna les yeux.
Cela devait être un effet de son imagination.

— Bon, il faut que j'aille au secours de Chloé,
déclara Jasmine. Elle devient intenable quand il y a de
la bière dans le coin et se comporte si mal que cela en

devient embarrassant. On a tout de même une réputation à maintenir.

— Et quelle est cette réputation ?

— Nous prenons notre magie très au sérieux. Notre convent est considéré comme l'élite de la côte Est et je ne veux pas que les tendances à l'alcoolisme de Chloé ternissent cette réputation.

Soudain, des cris s'élevèrent de l'autre côté du feu de camp et Paige vit Christian qui jetait pratiquement Cheveux Rouges en l'air avant de la faire tournoyer.

— En effet, tu ferais mieux d'y aller ! concéda Paige.

Jasmine pâlit et lui tendit son assiette et son verre avant de foncer dans la direction de Chloé.

Paige ne put s'empêcher de rire. Inutile de s'en faire. Jasmine était simplement Jasmine, quels que soient ses pouvoirs. Tout ce qu'elle voulait, c'était être la plus belle fille du bal… ou la plus douée des Wiccas de la Convention.

— Allez, viens, Paige ! l'appela Phoebe dont la voix provenait du groupe de plus en plus important de danseurs. Viens voir ! Piper est en train de sauter comme un kangourou !

Ça, il fallait qu'elle le voie ! Elle courut rejoindre ses sœurs, chassant de son esprit la lueur fugitive qui l'avait tant troublée dans le regard de Jasmine. Les kidnappeurs étaient anéantis et, officiellement, elles étaient là pour s'amuser et non pas pour travailler !

Cette nuit-là, Piper se réveilla en sursaut, prise d'effroi, incapable de respirer. La peur empoigna son cœur avant même qu'elle soit complètement réveillée, que ses yeux soient ouverts. Elle sentit une main appuyée sur sa bouche en même temps que quelqu'un attachait ses poignets dans son dos avec une corde très serrée qui lui labourait la chair. Elle se tortilla dans tous les sens afin de voir ses assaillants, mais ils se tenaient derrière elle, en train de la ficeler, de la bâillonner avec une espèce de tissu.

Grognant aussi fort qu'elle le pouvait, Piper regardait ses sœurs qui continuaient à dormir profondément malgré tout ce remue-ménage. Pourquoi ne l'entendaient-elles pas ? Pourquoi ne se réveillaient-elles pas ? Même son propre pouls était assez fort et bruyant pour réveiller un mort ! Elle donnait des coups de pied en tous sens, espérant faire tomber quelque chose, provoquer du bruit, mais leur installation était spartiate et il n'y avait rien qu'elle puisse détruire.

Avec les mains attachées à l'arrière, ses pouvoirs ne lui servaient à rien. *Ce n'est pas possible ! Nous vous avons anéantis ! Vous êtes morts ! Les kidnappeurs sont morts !* pensa Piper, paniquée.

Son cœur battait furieusement et elle se débattait avec l'énergie du désespoir pendant qu'on la tirait hors de la tente. *Réveillez-vous ! Allez, réveillez-vous, bon sang !* avait-elle envie de hurler. Phoebe et Paige ne bougèrent pas d'un cil et Piper continuait à désespérément les regarder à travers ses larmes jusqu'à ce que la porte de la tente se rabatte devant ses yeux. Tout s'était passé si vite qu'elles n'auraient peut-être pas eu le temps de réagir, même si elles s'étaient réveillées.

Une fois sortie de la tente, elle gigota, se tortilla pour repousser les cheveux qui retombaient sans cesse sur son visage. Finalement, entre deux mouvements, entre deux mèches, elle parvint à voir ses ravisseurs.

— Oh, mon Dieu ! murmura-t-elle à travers son bâillon. C'est impossible…

Puis tout devint noir.

CHAPITRE 11

— Paige ! Paige ! Réveille-toi !

— Phoebe ? marmonna Paige en clignant des yeux.

Une lumière crue et aveuglante entrait déjà dans la tente alors que Paige avait l'impression de n'avoir dormi qu'une heure ou deux. Elle repoussa ses draps qui étaient trempés, tant elle avait transpiré.

— Qu'est-ce qui se passe ? demanda-t-elle en s'asseyant, complètement groggy.

D'après la voix paniquée de Phoebe, il y avait quelque chose qui clochait. Mais Paige était encore à moitié endormie et une douleur aiguë martelait sa tête à chaque battement de son cœur.

— Ouille ! Trop de bière ! geignit-elle.

— Écoute, je suis inquiète ! Piper n'est pas là !

— Quoi ?

Cette fois, Paige ouvrit les yeux en grand et se tourna vers le lit de Piper. Sa vue était assez trouble mais elle pouvait tout de même constater que le lit de Piper était vide, que son drap du dessus traînait par terre et que son oreiller était au pied de son lit.

— Elle s'est peut-être levée un peu rapidement, dit Paige en se dirigeant avec difficulté vers le lit de sa sœur. Elle n'a pas pu être enlevée, puisque nous avons anéanti les Anubi.

— Je ne sais pas, Paige. J'ai vraiment un mauvais pressentiment. Ça ne ressemble pas à Piper de partir en laissant un tel fouillis et il n'est que sept heures du matin. C'est bien trop matinal, pour elle !

— Bon, restons calme. Il faut que nous réfléchissions à tout ça, suggéra Paige en prenant sa tête douloureuse entre les mains.

C'était impossible. Piper ne pouvait pas avoir été enlevée. Elles avaient résolu ce problème *hier* !

— Si elle s'est débattue, comment se fait-il que nous ne nous soyons pas réveillées ? Pourquoi n'a-t-elle pas utilisé ses pouvoirs pour exploser quelque chose ou pour exploser son ravisseur ?

— Peut-être ne pouvait-elle pas le faire, dit Phoebe en s'asseyant péniblement au bord de son lit. Tous les autres convents qui ont subi des enlèvements disaient que personne n'avait rien entendu. Et n'oublie pas que nous avons bu un sacré mélange de bière et de vin et que nous étions sans doute dans un état semi-comateux.

Elle se tut et prit une longue inspiration, plongée dans ses réflexions.

— Et si ce n'étaient pas les Anubi qui avaient enlevé tous ces Wiccas ? Et si le kidnappeur courait toujours dans la nature et avait pris Piper, maintenant ?

— Mais nous avons mis un sortilège de protection sur la tente ! cria Paige, désespérée. Il est impossible que quelqu'un ait pu passer…

Puis elle se tut pendant que les soupçons poursuivaient leur chemin. La peur lui vrilla le ventre et elle dut s'asseoir, incapable de respirer. Fébrile, elle serrait l'oreiller froid de Piper dans ses bras, tentant de mettre un peu d'ordre dans son esprit.

— Qu'y a-t-il ? demanda Phoebe. Qu'est-ce qui ne va pas ?

— Jasmine… murmura Paige d'une voix éteinte. Elle m'a dit un truc hier soir… Oh, mon Dieu… c'est une catastrophe !

— Quoi ? Mais dis-moi, Paige !

— Elle m'a dit qu'elle aiguisait ses pouvoirs et qu'elle me les montrerait en temps voulu. Sur le moment, cela m'a semblé si menaçant que j'en ai eu la chair de poule. Puis je me suis dit que c'était du Jasmine tout craché…

— C'est peut-être de ça qu'elle parlait. Elle a peut-être enlevé Piper.

— Et puis elle a dit ce truc, l'autre soir, comme quoi Craig n'avait que ce qu'il méritait… Je ne sais pas. Peut-être aidait-elle les Anubi ou…

— Et elle aurait pu passer à travers notre sortilège de protection puisque nous étions plutôt en bons termes avec elle. Elle était pénible, mais pas vraiment méchante.

Paige se leva, tremblant de tout son corps.

— Phoebe, j'aurais pu empêcher ça ! J'aurais dû vous raconter ce qu'elle m'avait dit, hier soir.

— Tu n'y es pour rien, Paige. Personne n'avait jamais imaginé qu'elle pourrait être le kidnappeur. Nous étions certaines d'en être débarrassées.

— Mais Piper voulait rentrer hier soir et j'ai pleurni-ché jusqu'à ce qu'elle accepte de rester, continua-t-elle, les yeux emplis de larmes. Si nous étions simplement rentrées chez nous…

— Tu sais, moi aussi, j'ai insisté ! dit Phoebe en serrant la main de Paige pour la réconforter. Il faut agir vite ! Allons chercher Jasmine.

Paige enfila rapidement ses sandales puis, toujours en pyjama, les deux sœurs traversèrent le campement au pas de course. Les gens commençaient à peine à émerger. Pourvu que Jasmine n'ait pas encore décampé ! Cette fille leur devait quelques explications !

Le coin où se dressait la tente de Jasmine était parfaitement calme et silencieux. Phoebe poussa le rabat de la porte et Paige y entra sans hésiter. À l'intérieur, elle s'arrêta, perplexe. Un incroyable fouillis leur donna envie de reculer. Il y avait un cercle de bougies consumées tout autour du lit de Chloé, placé au beau milieu de la tente. Des vêtements et des écharpes étaient éparpillés partout et des verres cassés de la fête répandus sur le sol.

La tête placée au pied du lit, Chloé était profondément endormie et poussait des ronflements tonitruants. Annie était allongée sur un lit poussé contre la paroi et semblait, elle aussi, dormir.

Paige se tourna vers le lit installé sur la gauche et reconnut les boucles de Jasmine. La fille portait un masque de satin noir sur les yeux et ses cheveux étaient joliment posés sur l'oreiller.

— Jasmine ! dit Paige en la secouant sans ménagement. Réveille-toi ! Il faut qu'on te parle !

Peu lui importait que tout le campement se réveille, il fallait que la situation s'éclaircisse au plus vite.

Chloé grommela dans son sommeil, se retourna et tira le drap par-dessus sa tête, sans doute confrontée à une épouvantable migraine de lendemain de fête.

— Jasmine ! cria de nouveau Paige en se penchant sur le lit.

Cette fois, Jasmine se redressa si brusquement que Paige sauta en arrière, effrayée.

— Qu'est-ce qui se passe ? demanda Jasmine en se frottant les yeux. Qu'est-ce que vous faites dans ma tente ?

— Dis-nous plutôt ce que *toi* tu faisais dans *notre* tente, la nuit dernière ? rétorqua Paige.

Annie émergea, le visage tout fripé de sommeil.

— Mais qu'est-ce qu'il y a ? demanda-t-elle d'un air bougon.

— Nous voulons juste interroger Jasmine sur ses pouvoirs, répondit Phoebe en croisant les bras.

Paige était épatée que sa sœur puisse avoir un air menaçant, même en pyjama bleu ciel.

— Mes pouvoirs ? Quoi ? Vous me réveillez à cette heure indue pour m'interroger sur mes pouvoirs ?

— Oui ! Est-ce que l'un d'entre eux consiste à kidnapper des innocents en pleine nuit sans faire le moindre bruit ? demanda Paige.

— Est-ce qu'il manque quelqu'un d'autre ? s'affola Jasmine.

Paige et Phoebe s'interrogèrent du regard. Son inquiétude avait l'air sincère. Cela dit, elle était peut-être bonne actrice.

— Belle simulation, Jasmine ! ironisa Paige. Tu ferais mieux de nous montrer ce que tu sais faire tout de suite, sinon nous irons directement voir la police.

— La police ?

— À moins qu'on ne s'occupe de toi à notre façon, renchérit Phoebe.

Paige savait que Phoebe ne ferait jamais de mal à Jasmine à moins d'y être obligée, mais la menace semblait efficace.

Jasmine se leva. L'ourlet de sa longue chemise de nuit noire touchait le sol comme une traîne.

— Est-ce que je peux vous parler dehors ? demanda-t-elle en relevant le menton avec défi.

Elle passa devant Paige et Phoebe avec une majestueuse assurance. Cette fille ne manquait pas de nerf ! Donner des ordres alors qu'elle venait de se faire épingler !

Arrivée à l'extérieur, elle se retourna vers les deux sœurs. L'expression orgueilleuse de son visage avait disparu, laissant place à la peur et au désespoir. Elle attrapa Paige et Phoebe par le bras et les entraîna à quelques mètres de la tente. Puis elle jeta un coup d'œil par-dessus son épaule, pour s'assurer que personne ne pouvait les entendre.

— Je n'ai aucun pouvoir, avoua-t-elle en baissant la tête.

Sa voix était tellement éteinte que Paige put à peine l'entendre.

— Quoi ? Et tout ce baratin, hier soir, comme quoi tu aiguisais tes dons et que tu me les montrerais en temps voulu…

Jasmine laissa échapper un gémissement pathétique et bascula la tête en arrière.

— Je voulais juste… je ne sais pas… juste…

— Tu voulais juste nous faire croire que tu avais des pouvoirs, histoire de nous épater ! termina Phoebe froidement.

— Je me fiche complètement de vous épater ou non, riposta Jasmine, d'un air hautain.

Phoebe lui lança un regard assassin et Jasmine baissa les yeux.

— Bon, bon... si vous le prenez comme ça ! marmonna Jasmine en roulant les yeux d'un air agacé, comme si on l'accusait injustement. C'est vrai, je ne possède pas de vrais pouvoirs. Mais dans mon convent tout le monde pense que j'en ai, alors n'allez pas le leur dire, O.K. ?

— Et quand tu as dit, l'autre soir, que Craig l'avait bien mérité ? demanda désespérément Paige.

Dans une certaine mesure, Paige avait envie que Jasmine soit la coupable. Elle se tenait là, devant elle, et était un adversaire pas trop difficile à vaincre. Mais si Jasmine n'avait pas kidnappé Piper, alors il fallait tout reprendre de zéro.

— Vous croyez que je suis impliquée dans la mort de Craig ? s'offusqua Jasmine, choquée. Quelqu'un lui avait retiré tout son sang, non ? Pouah ! Quelle horreur !

Paige et Phoebe échangèrent un regard. Décidément, cette fille était vraiment très spéciale !

— J'ai uniquement dit ça parce que Craig m'a pratiquement sauté dessus le premier soir. Ce type était un véritable obsédé !

— Je dois dire que je suis d'accord là-dessus. Mais il ne méritait pas de mourir pour si peu.

Paige était désespérée. Elles venaient de perdre de précieux instants. Inutile de palabrer des heures pour des broutilles avec cette mythomane. Il fallait retrouver Piper.

— Viens, Paige, allons-y ! dit Phoebe en prenant sa sœur par la taille pour s'éloigner de la tente de Jasmine.

— Dites, les filles ! Vous ne le direz à personne, au sujet de mes… pouvoirs, d'accord ? criait-elle, l'air inquiète.

— Comme tu voudras, répondit Paige.

La réputation de cette fille était le dernier de ses soucis. Une seule chose la préoccupait : si ce n'était pas Jasmine qui avait enlevé Piper, alors qui était-ce ?

— Je suis complètement paniquée, déclara Phoebe en suivant Paige jusqu'à leur tente. Je n'ai pas la moindre idée de qui aurait pu faire ça.

Elle regarda le lit de Piper et détourna aussitôt les yeux. De le voir ainsi, vide et défait, la rendait malade. Elle pouvait pratiquement voir Piper en train de se débattre, les yeux emplis de frayeur. Cela lui donnait envie de s'asseoir et de pleurer ou encore de frapper quelqu'un vraiment très fort. Mais pour l'instant, aucune de ces options n'allait les aider à progresser dans leur enquête.

— Il faut que nous appelions Léo, dit Paige en ramassant l'oreiller de Piper.

— Il va devenir dingue en apprenant cette nouvelle.

Malgré elle, Phoebe regarda de nouveau vers le lit de Piper et quelque chose vibra au plus profond d'elle-même. Elle se leva et prit l'oreiller des mains de Paige dans l'intention de refaire le lit. Elle voulait que les traces de lutte ne soient plus là, devant ses yeux, à la narguer. Mais à l'instant où elle toucha l'oreiller de Piper, elle fut saisie d'une vision très forte.

Piper était sur ses genoux, les mains liées dans le dos

et la bouche bâillonnée avec une espèce d'écharpe
rouge. Elle se tenait au milieu d'un cercle avec d'autres
personnes, attachées et bâillonnées comme elle, toutes
pétrifiées de peur. Cette peur était si grande que Phoebe
pouvait pratiquement la ressentir elle-même. Un autel
était en train d'être érigé à l'avant d'une grande salle,
avec des bougies noires, un calice et des bandes de
gaze pourpre et noir. Soudain, les yeux de Piper s'ouvrirent, terrorisés, et Phoebe vit quelqu'un s'approcher
de sa sœur avec un long couteau scintillant…

— Oh, mon Dieu ! souffla Phoebe en se rattrapant
au bras de Paige pour ne pas défaillir.

Sa tête dodelinait et elle crut un instant s'évanouir.
Mais elle parvint à se ressaisir. Il fallait qu'elle reste
concentrée, sinon Piper allait mourir.

— Qu'est-ce que tu as vu ? demanda Paige en l'aidant à s'asseoir sur le lit de Piper.

L'oreiller toujours serré dans ses mains, elle trem-
blait.

— Une espèce de rituel. Il y avait beaucoup de sorcières et quelqu'un avec un immense couteau. Paige,
c'est horrible ! Il va tuer Piper !

— Bon, on ne peut plus attendre ! Léo ! Léééooo !
Viens vite !

Avant même qu'elle ait fini de hurler, Léo apparut
devant elles dans un tourbillon d'étincelles blanches et
bleues.

— Qu'est-ce qu'il y a ? demanda-t-il en regardant
calmement autour de lui. Tout va bien ?

— Non, Léo, tout ne va pas bien ! dit Paige en
essayant de se montrer calme. Tu devrais peut-être
t'asseoir.

— Pourquoi ? Est-il arrivé quelque chose à Piper ? Où est-elle ?

— Elle a été enlevée au cours de la nuit, Léo, annonça Phoebe en se triturant les doigts. Je suis désolée. Nous n'avons rien entendu.

— Attendez une minute, les filles ! Vous dites qu'elle a été kidnappée ? Mais vous avez anéanti ces…

— On sait, admit Paige. Mais apparemment, il reste un autre kidnappeur. Quelqu'un qui prépare une espèce de rituel.

— Mais de quoi parlez-vous ? s'impatienta Léo. Comment pouvez-vous le savoir ?

— Parce que j'ai eu une vision, dit Phoebe en détournant les yeux pour ne pas avoir à affronter son regard. Quelqu'un détient beaucoup de sorciers et de sorcières… y compris Piper… et il va tous les tuer.

En apprenant cette nouvelle, Léo devint aussi pâle que la mort.

— Je vais la retrouver ! déclara-t-il. Elle n'a pas encore été emmenée dans le monde inférieur. Je peux encore la sentir parmi nous.

Il commença à se téléporter mais Paige sauta et le rattrapa.

— Attends ! On vient avec toi. Tu ne sais pas dans quelle situation tu vas te retrouver. On pourrait avoir besoin du Pouvoir des Trois.

— Entendu, reconnut-il en attirant Paige vers lui avant de tendre la main à Phoebe. Allons-y ! dit-il d'une voix autoritaire. J'espère seulement qu'on n'arrivera pas trop tard.

Phoebe parvint à se lever et à saisir la main de Léo.

Elle se sentait encore toute bouleversée par la vision, mais elle savait qu'il lui fallait retrouver ses forces rapidement, la vie de Piper en dépendait.

Elle passa les bras autour de la taille de Léo et tous les trois se téléportèrent.

CHAPITRE 12

À l'instant où Phoebe posa les pieds sur le sol ferme, elle se mit en position de combat, l'adrénaline fusant à travers tout son corps. Mais quand elle regarda autour d'elle, ses muscles se détendirent un peu. Paige, Léo et elle se trouvaient dans un étroit passage, entouré d'énormes étagères remplies de caissons en bois. Les étagères s'élevaient vers un plafond qui semblait très lointain. Il y régnait une lourde odeur de poussière qui rendait l'air irrespirable. Il n'y avait personne.

— Où sommes-nous ? demanda Paige, perplexe, en voyant les caissons.

Elle passa les doigts sur les épaisses étagères en métal et les considéra d'un air dégoûté.

— Pouah ! Je ne sais pas ce que c'est, mais ça fait très longtemps que le ménage n'a pas été fait ici !

— On dirait une espèce d'entrepôt, dit Léo. Mais il n'y a pas un chat, ici.

— C'est impossible. L'entrepôt que j'ai vu dans ma vision était immense et complètement vide. Je ne me souviens pas qu'il y avait tout ce bazar... dit Phoebe.

Soudain, elle entendit une voix à peine plus forte qu'un chuchotement et son cœur s'arrêta. D'un signe de la main elle demanda aux autres de se taire et écouta avec attention. Le bruit ne mit pas longtemps avant de se reproduire : une voix grave mais puissante. Elle semblait provenir de l'autre côté des caissons, sur la droite.

— Suivez-moi, murmura-t-elle.

Heureusement, les baskets qu'elle avait enfilées le matin ne faisaient aucun bruit pendant qu'elle longeait les étagères jusqu'à un passage. En baissant les yeux, elle se rendit compte que sa sœur et elle étaient encore en pyjama... une tenue loin d'être menaçante ou pratique pour le combat, mais impossible d'en changer pour l'instant ! À la guerre comme à la guerre...

Au fur et à mesure qu'elle avançait, la voix devenait plus forte, mais elle ne pouvait toujours rien voir. Quelques pas plus loin, elle s'adossa contre les caissons en bout de rangée, imitée par Paige et Léo.

— Bon, que personne ne bouge ! murmura-t-elle en s'aplatissant contre les planches en bois rugueux contre lesquelles elle essuya ses mains un peu trop moites.

Phoebe jeta un coup d'œil autour des derniers caissons et se figea. Une énorme partie de l'entrepôt avait été dégagée et installée pour le rituel. Celui qu'elle avait vu dans sa vision. Mais il y avait un détail supplémentaire qu'elle n'avait pas vu : Christian se tenait contre le mur du fond, les mains dans le dos. Il portait un T-shirt noir et suivait des yeux tout ce qui se passait dans ce temple de fortune. Sur son visage, Phoebe découvrit une expression cruelle qu'elle n'aurait jamais imaginé voir sur son visage généralement si doux.

Il avait l'air effrayant, menaçant... diabolique, même. On aurait dit que c'était lui qui dirigeait tout ça.

Le reste de son convent était aligné le long des murs, dans la même position que lui. Leurs visages étaient de marbre, tandis qu'ils observaient le cercle de Wiccas ficelés devant eux.

— C'est Christian, murmura Phoebe. Ce doit être lui qui fait tout ça.

— Christian ? Comment est-ce possible ? s'étonna Paige.

— Je n'en sais rien, répondit Phoebe, l'esprit en ébullition.

Christian avait l'air tellement surpris quand elle lui avait annoncé que c'était les Wiccas les plus puissants qui se faisaient enlever. Il avait même semblé inquiet. Serait-il un si bon acteur ?

Mais que venaient faire la mort de Craig et les Anubi, dans tout cela ? Tant de questions encore sans réponse !

— Est-ce que tu vois Piper ? demanda Léo.

— Pas encore.

Seize sorciers et sorcières étaient agenouillés en cercle, tous avec les mains attachées dans le dos et la bouche recouverte d'un bâillon, exactement comme dans sa prémonition. Leurs yeux n'étaient pas cachés et ils regardaient autour d'eux comme s'ils s'attendaient à ce que quelque chose de terrifiant se produise. Depuis combien de temps étaient-ils prisonniers ?

Piper n'était toujours pas en vue, mais Phoebe vit Keisha, la sorcière dont elle avait entendu parler quand elle et ses sœurs avaient interrogé des Wiccas pour aider Daryl. Elle était agenouillée à l'autre bout du cercle. Sa peau était couverte d'un léger film de sueur et elle semblait regarder Phoebe droit dans les yeux.

Puis Phoebe se souvint que Keisha avait le don de voir à travers les objets et elle fit signe à la jeune sorcière de ne pas dévoiler leur présence. Keisha baissa immédiatement les yeux vers le sol en ciment, mais Phoebe avait pu noter une lueur d'espoir dans son regard.

Une bougie noire avait été placée entre chaque victime et un pentagramme rouge avait été tracé au centre du cercle. L'autel que Phoebe avait vu se dressait à l'extrémité de la salle, décoré de tissus pourpres et noirs. Deux silhouettes se tenaient de part et d'autre de l'autel, revêtues de manteaux noirs à capuches. Elles tournaient le dos au cercle et à Phoebe.

— Qu'on amène le dernier sacrifice ! ordonna soudain Christian d'une voix autoritaire.

Quelques silhouettes sortirent de l'obscurité derrière l'autel. Quand ils arrivèrent dans le halo de lumière projeté par les bougies, Phoebe reconnut deux membres du convent de Christian. Ils tiraient Piper qui se contorsionnait entre eux comme une sauvageonne. Plus elle semblait se débattre, plus ils serraient leur emprise, jusqu'à ce que son visage se torde de douleur.

— Oh, mon Dieu ! murmura Paige en agrippant la main de Phoebe.

Léo fit aussitôt un pas en avant pour la voir, mais Paige le tira en arrière.

Phoebe retenait son souffle pendant que sa sœur se débattait jusqu'au centre du cercle, tirant sur son bâillon et tortillant ses mains pour essayer de les libérer. Ses yeux étaient mouillés, aucune larme ne coulait. On la força à s'agenouiller au centre du pentagramme et, d'un mouvement de tête, elle repoussa ses cheveux en arrière pour défier les silhouettes qui se tenaient près de l'autel.

Je me suis peut-être trompée, se dit Phoebe. *Ce sont peut-être eux qui dirigent toute cette opération. Appartiennent-ils aussi au convent de Christian ?*

— Il faut qu'on lui vienne en aide, chuchota Léo en s'efforçant de garder son calme.

Avant que Phoebe puisse répondre, une puissante voix de femme emplit la pièce. Phoebe jeta un regard surpris vers Paige. Le convent de Christian n'était-il pas uniquement composé d'hommes ?

— Nous sommes assemblés ici dans un but très important ! commença la voix. Notre ascension signifiera la fin des conflits et des combats. Nous allons apporter la paix à la Terre. Nous allons apporter l'Ordre de l'Enfer.

Un frisson parcourut le corps de Phoebe. Les deux silhouettes se retournèrent et firent tomber leur capuchon. Elle faillit tomber à genoux à son tour.

Tessa et Taryn ! Leur peau luisante et blanche semblait briller dans la lumière des bougies alors qu'elles regardaient fixement devant elles, comme si elles étaient en transe. Taryn se dressait fièrement à côté de sa sœur, en pleine forme, tellement différente de la fille que Phoebe avait connue.

— Paige…, dit Phoebe d'une voix éraillée.

Paige tendit le cou et découvrit la scène pour la première fois. À cet instant, celle qui venait de parler sortit de l'ombre et se dirigea vers l'autel. Elle portait une longue robe vaporeuse rouge et noir et ses longs cheveux blonds tombaient sur ses épaules comme une cascade d'or. Ses yeux étaient d'un bleu aussi perçant que ceux de Tessa et de Taryn. Phoebe avait la certitude d'avoir devant elle leur plus jeune sœur Tina. Celle qui était censée avoir disparu.

— Christian avec Tessa et Taryn ? dit Paige d'une voix étranglée. Mais comment est-ce possible ?

— Nous aimerions vous remercier, frères et sœurs Wiccas, de vous soumettre à ce sacrifice ultime ! commença Tina en fixant chaque victime une à une. Ainsi que toi, Piper, la seule des Trois Charmed… Mais il semblerait que tu ne sois plus toute seule…, ajouta-t-elle en avançant de quelques pas, les bras croisés, les yeux fixés sur Phoebe.

Phoebe fut tentée de sauter en arrière, mais c'était déjà trop tard. Tina l'avait vue. Paige et Léo firent un pas en avant, sortant de leur cachette, et vinrent se poster à côté de Phoebe avec un air de défi.

— Tes sœurs sont venues à ton secours, exactement comme je l'avais prédit ! Et même ton amoureux est là ! Comme c'est mignon…

Piper tourna la tête et regarda Phoebe avec un mélange de soulagement et de colère. De soulagement parce que ses sœurs l'avaient retrouvée, de colère parce qu'elles s'étaient mises en danger.

— Nous sommes absolument ravis que vous ayez pu venir ! déclara Tina en écartant les bras en un geste d'accueil. Une fois que nous en aurons fini avec Piper, ce sera votre tour.

Elle se tourna vers Christian et lui fit un geste nonchalant de la main.

— Saisissez-les ! dit-elle d'un air détaché.

Puis elle s'applaudit en riant.

— Ah, quel délice ! J'ai toujours rêvé de pouvoir dire cela un jour !

— Elle est folle à lier ! souffla Paige quand quelques membres du convent de Christian avancèrent vers eux.

— Ne m'en parle pas ! répondit Phoebe.

— Nous ne voulons pas vous faire de mal... Du moins, pas encore, dit l'un des Wiccas.

— Eh bien, figurez-vous que mes intentions ne sont pas les mêmes que les vôtres ! répondit Phoebe.

Juste à l'instant où il se précipitait vers elle avec un autre, plus maigrichon, Phoebe sauta en l'air, fit un saut périlleux au-dessus de leurs têtes et retomba sur ses pieds derrière eux. Avant qu'ils puissent se retourner, elle envoya un coup de pied dans le derrière du premier qui s'affala sur le maigrichon.

Damon et un type au ventre grassouillet se précipitèrent sur Léo et sur Paige pour leur maintenir les bras en arrière. Paige fit un signe de tête en direction de l'autel.

— Compris, dit Léo.

Tous deux disparurent dans un tourbillon de lumières et réapparurent à l'autre bout de la pièce, dans des coins opposés. Tessa, Taryn et Tina se retournèrent pour leur faire face. Phoebe vit que la bande de Christian se tenait devant les étagères et se lança sur eux, les aplatissant tous sur le sol. Jusque-là, les acolytes de Christian étaient loin d'être aussi puissants qu'ils s'en étaient vantés, le soir de leur arrivée au campement.

— Attrapez-les ! cria Tina en désignant Paige et Léo.

Paige se tourna vers Léo :

— Ne t'occupe pas de moi ! Va récupérer Piper, je me débrouillerai toute seule !

Léo se téléporta et se retrouva au milieu du cercle où il aida Piper à se relever avant de lui détacher les mains.

À cet instant, Paige fut attaquée par Christian et Monsieur Grassouillet.

— Désolée, mes chéris ! À plus !

Puis elle se téléporta jusqu'à l'endroit où Phoebe se débattait dans un corps à corps avec deux types qui n'en menaient pas large contre elle. Elle dut se tenir à une étagère car elle ressentit un vertige. Elle n'avait pas l'habitude de se téléporter aussi souvent en un si court laps de temps. Quand elle rouvrit les yeux, elle vit que Monsieur Grassouillet se précipitait encore une fois sur elle.

— Ce n'est pas encore pour cette fois, mon gros ! lui dit-elle en lui envoyant son poing dans la figure.

Elle entendit un craquement. *Ah, je vois que mes cours d'autodéfense servent à quelque chose !*

— Tu m'as cassé le nez, sale garce ! hurla-t-il en tombant en arrière, les mains sur le visage.

— Oh, mon pauvre chou ! commenta Paige.

À cet instant, Phoebe envoya un autre combattant à ses pieds.

— Pas mal ! Tu veux un coup de main ? demanda Paige.

— Oui, pourquoi pas ! rétorqua Phoebe, essoufflée.

En quelques tourbillons et roulades, elles distribuèrent coups de poing et coups de pied à tous les agresseurs qui semblaient s'obstiner à se jeter sur elles.

Tout à coup, Paige fut de nouveau saisie par-derrière.

— Terminées, les parties de cache-cache ! grommela Christian à son oreille.

— Désolée, Chris ! Mais une fois que j'ai commencé, j'ai du mal à m'arrêter !

Paige se téléporta vers l'autel, prête à combattre. Au moment où elle allait toucher le sol, elle fut comme soulevée en l'air et envoyée contre le mur où elle alla s'écraser. Le souffle coupé par le choc, elle s'affala par terre où elle essaya de ramper malgré les douleurs fulgurantes qui transperçaient toutes les parties de son corps.

— Mais que s'est-il passé ? murmura-t-elle quand elle reprit un peu ses esprits.

Elle leva la tête et aperçut Tina qui souriait d'un air mauvais. Puis la gamine se tourna vers le cercle où Léo et Piper étaient en train de détacher les autres Wiccas et fit un petit geste du poignet. Léo fut tout à coup projeté en l'air comme s'il avait été frappé par un boulet de canon. Heureusement, il eut la présence d'esprit de se téléporter et réapparut à côté de Phoebe.

Puis Paige vit quelque chose d'incroyable…

Les bras de Phoebe étaient tirés vers l'arrière sans que personne se tienne derrière elle. Elle se débattit et parvint à se libérer. Mais quand elle se retourna, sa tête fut violemment poussée sur le côté, puis ses jambes volèrent en avant et elle tomba lourdement sur le sol.

Paige se redressa, ignorant les protestations de sa douleur. Que se passait-il ?

Elle regarda en direction de Tina et de Taryn qui riaient aux larmes en voyant Phoebe peiner à se relever.

Sa sœur était collée au sol et chaque fois qu'elle faisait un effort pour se relever, quelque chose la clouait au sol.

— Mais qu'est-ce que vous lui faites ? hurla rageusement Piper.

— C'est pas moi, rétorqua Tina dans un fou rire. C'est Tessa. Elle adore ces petits jeux !

Tessa a le pouvoir de se rendre invisible ? Et Tina de jeter quelqu'un à travers une salle d'un simple geste du poignet ? Comment cela est-il possible ? songea Paige.

Pour les narguer, Tessa reprit une forme visible. Aussitôt, Paige se précipita vers Phoebe et Léo plongea sur Tessa pour la plaquer contre les étagères, mais elle disparut aussitôt. Au même instant, Taryn traversa l'air, en direction de Piper. Elle défiait la gravité avec autant d'aisance que Phoebe.

— Attention, Piper ! cria Paige.

Piper se baissa et Taryn alla s'écraser contre les caissons en bois.

— Où est Tessa ? demanda Paige en venant rejoindre Léo qui se relevait à peine.

— Aucune idée.

— Mais que se passe-t-il ici ? C'est quoi, tous ces pouvoirs ? demanda Piper.

— Je n'en sais rien, répondit Phoebe, essoufflée. Mais j'ai l'impression que ce ne sera pas aussi facile que de vaincre les Anubi.

Tessa réapparut soudain à côté de Tina et des membres du convent de Christian qui n'étaient pas encore hors combat, et ils formèrent un cercle.

Paige sentit son cœur battre à tout rompre. Cela promettait d'être une sacrée bagarre !

— Je vais aller libérer le reste des innocents, dit

Léo. Vous, vous allez vous occuper du trio diabolique. Ça vous va ?

— À moi, ça me va très bien ! déclara Taryn à qui on n'avait rien demandé.

— Taryn, je m'ennuie à mourir, intervint Tina avec une moue. Peux-tu t'occuper d'elles afin qu'on puisse continuer notre petite cérémonie ? Dommage que notre jolie décoration ne soit plus complète, mais on se débrouillera sans.

Piper se tourna vers ses sœurs, les sourcils froncés.

— Décidément, cette pimbêche m'agace au plus haut point ! Si je n'arrive pas à la désintégrer, je l'envoie dans un asile de fous !

— Vous n'avez donc pas compris qu'il n'y aura plus de cérémonie ? Vous êtes fichues ! s'énerva Phoebe.

Ses paroles déclenchèrent quelques rires suffisants parmi le clan de Christian.

— À quoi bon résister, insista Tina. Nous sommes les plus fortes. Tout ce qu'on veut, c'est le pouvoir de ces Wiccas et le vôtre. Une fois qu'on vous aura tuées toutes les trois, on pourra prendre votre place. On sera les Sœurs Charmed ! Bien sûr, on ne perdra pas notre temps à sauver des innocents dont on se contrefiche. On utilisera nos pouvoirs pour mettre toute l'humanité à notre botte. On arrivera peut-être même à dominer le monde inférieur…, ajouta-t-elle dans un rire diabolique qui donnait froid dans le dos.

Piper se campa solidement devant elles, sur ses deux jambes.

— Décidément, votre bavardage commence à m'énerver ! Pour qui vous prenez-vous, bon sang ! Allez au diable !

Puis, d'un puissant coup de poing, elle envoya les trois sorcières démoniaques dans l'atmosphère, coupant court à leurs cris d'orfraie. On aurait dit trois fusées…

— Bien vu ! Bravo, Piper ! dit Paige en applaudissant.

— Je n'en reviens pas ! déclara Phoebe, incrédule. Elles se sont donné tout ce mal pour finalement passer à côté de notre pouvoir le plus important !

Elle passa le bras autour des épaules de Piper et ajouta :

— Tu vois, Piper ? C'était encore toi, la plus puissante !

— Oui, si on veut… Mais ça ne m'a pas empêchée d'être kidnappée, répondit-elle en se frottant les poignets douloureux. Quel bonheur de récupérer mes mains ! Toute la journée je n'ai cessé de penser à les envoyer ad patres.

Soudain, Piper se sentit enlevée dans les bras de Léo. Elle pressa son visage contre sa chemise, inspirant avec délices son odeur. Et dire que quelques heures plus tôt, elle pensait ne plus jamais le revoir…

— C'est terminé, lui dit-il dans l'oreille. Tout le monde est en sécurité, maintenant.

— Pas grâce à moi, en tout cas ! C'est finalement bien que vous ayez insisté pour que je reste, sinon on n'aurait jamais su qu'il y avait deux groupes de kidnappeurs dans le coin, dit-elle à Phoebe et à Paige.

— À croire que nos jérémiades servent à quelque chose, répondit Paige avec un sourire.

— En l'occurrence, oui. Mais il ne faudrait pas que ça devienne une habitude !

CHAPITRE 13

Léo se mit en quête d'un téléphone pour appeler la police. Piper et ses sœurs se contentèrent de regarder les Wiccas kidnappés en train d'attacher leurs ravisseurs pour qu'ils ne puissent plus bouger.

Christian laissa échapper un grognement furieux quand Samson lui attacha les mains dans le dos. Le crâne rasé de Samson était recouvert d'un léger duvet qui avait dû pousser pendant sa captivité.

— Tout le monde va bien ? s'enquit Piper en rejoignant les victimes près du mur où elles étaient occupées à neutraliser les membres du convent de Christian. Quelqu'un a-t-il besoin de quelque chose ?

— J'aimerais passer quelques coups de fil, dit Clarissa en souriant. Merci mille fois de nous avoir sauvés, ajouta-t-elle en prenant Piper dans ses bras. Je commençais à perdre espoir.

— Nous sommes heureuses d'avoir pu vous aider, répondit Piper.

Puis elle se dirigea vers Samson. Devant son imposante silhouette, elle eut l'impression d'être une naine.

— Ça t'ennuie, si je parle à Christian, quelques secondes ? lui demanda-t-elle.

— Mais je t'en prie, répondit Samson en tirant une dernière fois sur les liens pour s'assurer qu'il ne pourrait plus faire aucun mal.

— Que me voulez-vous ? s'indigna-t-il tandis que Phoebe et Paige rejoignaient leur sœur.

— Je voudrais bien savoir à quoi tu pensais ! Qu'est-ce que tu croyais gagner dans cette affaire ?

— Et pourquoi est-ce que je vous le dirais ?

— De toute façon, tu seras obligé de le dire à la police, dans quelques minutes. Je parie que c'est Craig qui t'a entraîné dans tout ça. Je me trompe ?

— C'est exact. Et il n'est même plus là pour en payer l'addition !

Inutile de lui faire la morale et de lui rappeler que Craig avait déjà payé en mourant de façon atroce…

— Alors… Tina vous a offert quelque chose en échange de votre aide pour enlever des Wiccas ?

Christian prit une longue inspiration et baissa la tête.

— Craig et Tina sortaient ensemble. Elle lui a promis que si on les aidait, on serait tous récompensés quand elle et ses sœurs auraient pris le pouvoir.

— Vous n'étiez donc pas au courant au sujet des Anubi ? dit Phoebe.

— Des quoi ?

— Des créatures qui ont tué Craig, expliqua Piper.

— Bien sûr que non ! C'est pourquoi nous avons été tellement choqués d'apprendre qu'il avait disparu. Tina nous assurait que nous ne risquions rien. Quand Craig a été kidnappé, ça a été l'affolement général !

L'estomac de Piper se noua.

Durant tout ce temps, elle avait cru que des démons étaient responsables de tous ces enlèvements. Mais elle s'était trompée. Trois filles ! Trois gamines qu'elle avait prises pour d'innocentes victimes sans aucun pouvoir, alors qu'elles étaient en train d'organiser un crime odieux et presque parfait.

— Bon, eh bien, merci de nous avoir consacré de ton temps si précieux ! dit Piper en se détournant de lui.

— Attendez une minute ! Vous direz à la police que ce n'était pas mon idée, n'est-ce pas ? cria-t-il. Parce qu'il n'y a plus personne pour porter le chapeau puisque vous les avez envoyées toutes les trois dans un autre monde.

— Nous verrons ce que nous pourrons faire, répondit Piper en s'éloignant de lui, suivie de Paige et Léo.

Elle ne se retourna même pas pour le regarder. Elle s'en sentait incapable. En pensant à ce que lui, Tessa, Tina et Taryn avaient fait, elle en était malade !

— Tout compte fait, les enlèvements des Anubi et les autres n'étaient absolument pas liés, conclut Paige alors qu'elles se rendaient toutes trois de l'autre côté de la salle. C'est pourquoi le lit de Craig portait toutes ces marques et qu'il n'y en avait pas sur les autres lieux des crimes.

Piper se laissa glisser par terre, le dos contre le mur frais en ciment. Jusque-là, elle ne s'était pas rendu compte de l'immense fatigue qu'elle ressentait. Quand elle commença à relâcher ses muscles, toutes les parties de son corps la firent souffrir.

— On dirait, en effet, dit-elle en laissant échapper un long soupir de lassitude.

— Les Anubi ne devaient être venus ici que pour se nourrir sur le dos de la Convention, fit observer Phoebe en s'asseyant à côté de Piper. Mais ça tombait bien pour Tina et ses sœurs, car ça écartait d'elles tous les soupçons.

— Oui. Une fois que les Anubi étaient anéantis, elles pouvaient pratiquement faire ce qu'elles voulaient ! ajouta Paige. Quand je pense qu'on a dit à tout le monde qu'ils pouvaient revenir au campement en toute sécurité et pendant ce temps on mangeait à la même table que les kidnappeurs psychopathes !

— Je n'arrive toujours pas à croire que c'était eux, commenta Piper. C'est Christian et Tessa qui m'ont enlevée la nuit dernière. J'étais tellement choquée en les reconnaissant que je me serais évanouie s'ils ne m'avaient pas assommée d'un coup sur la tête.

Elle se passa la main sur le crâne et fit une grimace de douleur en sentant la bosse presque aussi grosse qu'un œuf de pigeon.

— Impressionnant ! Ça va aller ? demanda Phoebe en tendant délicatement les doigts pour explorer la zone blessée.

— Oui, mais à condition que tu n'y touches pas ! s'exclama Piper en s'écartant. De toute façon, je suppose que je la mérite. Je ne cessais de me moquer de ces ringards de Wiccas et j'ai pris les criminels pour des victimes. Cette fois, je me suis trompée sur toute la ligne !

Paige s'assit à côté d'elle.

— Écoute ! Tessa et Taryn sont venues te voir en te racontant cette épouvantable histoire sur leur petite sœur kidnappée et tu les as crues parce que tu voulais leur venir en aide. Tu n'as rien à te reprocher.

— Cela aurait pu nous arriver à nous aussi ! renchérit Phoebe. Leur histoire ressemblait à celle des autres et elles se comportaient comme des victimes devant moi aussi.

À cet instant, la porte à l'autre bout de la pièce s'ouvrit brusquement et une vingtaine de policiers armés déboulèrent, suivis de Léo. Pendant que les flics faisaient le tri entre les victimes et les kidnappeurs et distribuaient des vivres et des couvertures à ceux qui en avaient été privés depuis longtemps, Léo s'approcha de Piper et de ses sœurs. Elles observaient la scène en silence.

Clarissa poussa un cri de joie quand un des policiers lui tendit un téléphone portable. Après cela, tout le monde commença à appeler ses amis ou ses parents pour leur annoncer qu'ils étaient sains et saufs.

Piper ne put s'empêcher de sourire quand elle vit Keisha sauter au cou d'un des policiers pour l'embrasser.

— Tu vois, Piper ? dit Phoebe en prenant sa sœur dans ses bras. Nous avons trouvé les victimes des enlèvements et elles vont toutes très bien. Et en plus on a anéanti les Anubi qui ne tueront plus de sorcières !

— C'est la cerise sur le gâteau, renchérit Paige.

— Soit, vous avez raison, répondit Piper à ses sœurs. Le résultat final était plutôt positif. Je n'ai qu'une petite faveur à vous demander.

— Laquelle ? demanda Paige en posant sa tête sur l'épaule de Piper.

— Pas de vacances en famille à Las Vegas avant quelque temps. C'est d'accord ?

Achevé d'imprimer sur les presses de

BUSSIÈRE
GROUPE CPI

à Saint-Amand-Montrond (Cher)
en octobre 2003

FLEUVE NOIR
12, avenue d'Italie
75627 Paris Cedex 13
Tél. : 01-44-16-05-00

— N° d'imp. : 36789. —
Dépôt légal : novembre 2003.

Imprimé en France